OBSERVATIONS

SUR

LES QUATRE DERNIÈRES FABLES

DE LA FONTAINE.

AVIS SUR LES SPECIMEN.

Le 1er. *specimen* donne l'écriture de J. de La Fontaine. Il est extrait du manuscrit de la bibliothéque du Roi, où se trouve la tragédie d'Achille par La Fontaine. — Le 2e. présente l'écriture du savant abbé Sallier, l'un de nos prédécesseurs au département des manuscrits. — Le 3e. représente l'écriture de Delille. — Les 4e., 5e. et 6e., les écritures de Chamfort, La Harpe et Sélis. Les deux lettres de La Harpe ont été écrites à J.-B. Gail, par La Harpe, prisonnier. Une circonstance connue rend nécessaire la publication de ces lettres, et la preuve d'un fait consigné dans la Biographie *Michaud.*

Les OBSERVATIONS que nous publions serviront de complément à nos *Trois Fabulistes.*

Cet ouvrage se compose de 4 volumes in-8°. Le 1er. volume contient Ésope, grec-français-latin ; le 2e. Phèdre, latin et français avec notes ; les 3e. et 4e. La Fontaine, avec notes de Chamfort. Le 1er. de ces volumes, nul pour la critique, offre cependant aux gens du monde une traduction qui leur est commode ; et aux jeunes instituteurs, un utile répertoire. Quant au 2e. volume, il contient une traduction de Phèdre que j'ai extrêmement soignée. Les 3e. et 4e. volumes donnent les fables de La Fontaine, avec les notes qui sont presque toutes de Chamfort. — Prix des Trois Fabulistes, 20 fr. — Prix des Observations sur les quatre dernières fables, par Sélis, Delille et Chamfort, 5 fr. ; ce dernier volume est tiré à petit nombre.

IMPRIMERIE DE FAIN, PLACE DE L'ODÉON.

Ecriture
1.º de J. Lafontaine. 2.º de Sallier:

Acte 5. Scene 3.e
Achille_Briséis.
Achille.

1.º
Ouy Madame, je prend tout les Dieux pour témoins
que vous seule avez fait mes pensers et mes soins.
Je sçais mal employer l'ordinaire langage
Des douceurs qu'à l'amour on donne en apanage:
Mais croyez au defaut d'un entretien flateur
que ma bouche en dit moins qu'il n'en est dans mon cœur.

———————————

2.º
Ce volume a été donné à la Bibliotheque du Roy par m.r l'abbé
d'olivet le — 1.er 8bre 1740 *Sallier*

Ecriture de J. Delille.

Ce poeme n'est pas comme on
pourroit l'imaginer un ouvrage
purement de circonstances. L'auteur
dans le premier chant peint la
pitié ~~ex~~ exercée par les particuliers, envers les animaux, les
serviteurs, les parens, les amis
et ~~tous~~ indistinctement tous ~~les~~ les êtres
a qui leurs malheurs et leurs besoins
donnent des droits a la pitié

Ecriture de Chamfort.

Fable 6.

Il en est de tels dans le monde.
ce seul vers suffit pour faire la critique
de cette fable. Encore une fois, un
apologue n'est bon et n'a la vraisemb-
-lance dont il est susceptible, que
quand les animaux y sont repres-
entés dans leur vrai naturel.

vous aurez la bonté de me permettre
un nouveau secours dont j'ai
besoin. Depuis qu'on a dépouillé les
détenus on m'assure que ma
liberté est prochaine, et dès que
je l'aurai obtenue, j'aurai
heureusement les moyens de
m'acquitter avec vous sur
le champ.

permettez que je vous embrasse
comme un confrère et un
ami, que j'ai gagné dans
mon adversité, et il me reste
de dire, à quelque chose
malheur est bon !

Laharpe

faites moi le plaisir mon
cher citoyen de me faire
savoir s'il n'y a rien de
changé à vos derniers
arrangemens, et si vous
nous attendez toujours
le Jeudi prochain (vendredi
vieux style.) nous comptons
toujours que vous nous ferez
les honneurs du Panthéon
entre le déjeuner et le
dîner, et nous vous ferons
un grand plaisir une autre
et nous de passer la journée
avec vous. Salut affectueux.

Laharpe

Écriture de Selis.

Ainsi à ne tient pas au journaliste que je ne perde
la confiance et la considération dont j'ai besoin comme
maître publié. ainsi il n'attend pas pour écrire mon

- -

- -

est ce que fontanes ne s'il pas declaré fortement
pour moi? est ce que le bien n'a pas souffert de
tant de rigueur et de scandale? est ce que Colin
d'Harleville m'a... est ce qu'andrieux ne m'a pas
dit avec une gaité aimable j'irai vous voir que
la fontaine de trop peu, et vous aurez l'air d'en
vouloir à mon père? est ce que Duis n'était pas
absent? est ce que picard ne m'a pas encouragé
d'un serrement de main

Ecriture de J. Delille.

Ce poëme n'est pas Comme on
pourroit l'imaginer un ouvrage
purement de circonstances. L'auteur
Dans le premier chant peint la
pitié exercée par les particuliers, envers les animaux, les
serviteurs, les parens, les amis
et sur̃ indistinctement tous ceux les êtres
a qui leurs malheurs et leurs besoins
donnent des droits a la pitié

Ecriture de Chamfort.

Fable 6.

[...] en est [...] d'un le monde.
ce [...] vers suffit pour faire la critique
de cette fable. Encore une fois, un
apologue n'est bon et n'a la vraisem-
-blance dont il est susceptible, que
quand les animaux y sont repré-
sentés dans leur vrai naturel.

vous avez ci la bonté. Je me permettra
un nouveau serons dont j'ai
besoin, depuis qu'on a déponille les
raterins on m'assure que ma
liberté est prochaine, et dès que
je l'aurai obtenue, j'aurai
heureusement les moyens pu
m'acquitter avec vous sur
le champ.

permettez que je vous embrasse
comme un confrère et un
ami, que j'ai gagné dans
mon adversité, et c'est le cas
de dire, à quelque chose —
malheur est bon.

           Laharpe

faites moi le plaisir mon
cher citoyen de me faire
savoir s'il n'y a rien de
changé à vos derniers
arrangemens et si vous
nous attendez toujours
le Jeudi prochain (vendredi
vieux style) nous comptons
toujours que vous nous ferez
les honneurs du Panthéon
entre le déjeuner et le
dîner, et vous nous ferez
un grand plaisir ma cousine
et moi de passer la journée avec
vous. salut et fraternité.

           Laharpe.

Écriture de Selis.

ainsi il ne tient pas au journaliste que je ne perde
la confiance et la considération dont j'ai besoin comme
maître public. ainsi il n'attend pas pour écrire mon

- -

- -

est-ce que Fontanes n'a-t-il pas déclaré fortement
pour moi? est-ce que le bien n'a pas souffert de
tant de rigueur et de scandale? est-ce que Colin
de Neuville m'a... et-ce qu'Andrieux ne m'a pas
dit avec une gaîté aimable, j'aime voir que
la Fontaine de trop près, et vous avez l'air d'en
vouloir à mon père? est-ce que Duis n'était pas
absent? est-ce que Picard ne m'a pas encouragé
d'un serrement de main

OBSERVATIONS

SUR

LES QUATRE DERNIÈRES FABLES

DE LA FONTAINE

RESTÉES JUSQU'ICI SANS COMMENTAIRE;

Par MM. SÉLIS, DELILLE et LA HARPE.

RECUEILLIES

Par J.-B. GAIL

Avec *specimen* des écritures de La Fontaine et de ses commentateurs, Delille, Sélis, Chamfort et La Harpe; pour servir de suite à l'ouvrage de J.-B. GAIL, intitulé *les Trois Fabulistes*, et à toutes les éditions in-8°. de La Fontaine.

A PARIS,

CH. GAIL, NEVEU, COLLÉGE ROYAL,

PLACE CAMBRAI;

ET CHEZ MM. DELALAIN ET DUFART,

LIBRAIRES, A PARIS.

1821.

AVERTISSEMENT.

On a publié sur La Fontaine divers commentaires parmi lesquels on distingue celui de Chamfort et celui de M. l'abbé Guillon. Ainsi que Chamfort, M. l'abbé Guillon, dans son La Fontaine, comparé à ses modèles et à ses imitateurs, termine ses savantes et ingénieuses observations à la fable trentième, jugeant Philémon et Baucis et les trois autres pièces qui les suivent, des poëmes ou tout au plus des fables milésiennes, étrangères à l'apologue par leur étendue comme par le caractère du sujet et du style.

Un commentaire manquait donc aux quatre dernières fables de La Fontaine. Nous l'avons demandé à M. Sélis, à l'époque de la publication des notes de Chamfort (1). Il nous le fit espérer, mit bientôt

---

(1) J'ai annoncé Chamfort comme seul auteur de ces notes. Je l'ai dû : car, en vérité, je ne pourais me glorifier de quel-

la main à l'œuvre, et lut un mémoire, échantillon
de son travail, soit à l'Institut, soit à une réunion
littéraire. Une critique peut-être un peu sévère fut
alors exercée par l'un des rédacteurs du journal de
la langue française. « Il ne tient pas à ce journaliste, m'écrivit Sélis, que je ne perde la considération dont j'ai besoin comme maître public;
il n'attend pas pour décrier mon essai qu'il ait vu
le jour. Autant qu'il est en lui, il le détruit et le
tue. Cet Aristarque qui me harcèle, a vivement
affligé mon cœur enclin et prompt à aimer. Mais,
quoi qu'il en ait dit, est-ce que Fontanes ne s'est
pas déclaré fortement pour moi? Est-ce que Le Brun
n'a pas souffert de tant de rigueur et de scandale?
Est-ce que Sicard ne m'a pas encouragé d'un serrement de main? Est-ce qu'Andrieux ne m'a pas dit
avec une gaîté aimable, *vous aviez l'air d'en vouloir à mon père*, etc., etc. » Voyez. le *specimen*.

Peu de temps après cette douloureuse révélation,
M. Sélis fut atteint de cette longue maladie à laquelle il a fini par succomber. Je vis, dès le jour
où apparut la critique, que je ne pouvais compter

---

ques notes faciles et banales, de quelques utiles rapproche-
mens négligés par Chamfort.

que sur le mémoire qu'il avait lu, et de ce moment, malgré des promesses réitérées qu'il n'accomplissait pas, je m'occupai du soin de compléter son ouvrage.

Exclusivement voué à mes travaux helléniques, je n'osais me livrer à un travail purement littéraire. Néanmoins, cédant au désir de compléter un commentaire laissé imparfait, encouragé par plusieurs littérateurs distingués, et d'ailleurs me trouvant suppléant de M. Cournand et de M. Sélis (1), je composai, pour un cours de trois à quatre mois (2), des notes que long-temps après je soumis à M. Sélis lui-même, et à MM. La Harpe et Delille.

Ce sont ces notes que je publie aujourd'hui. Je ne puis dire quelles remarques appartiennent à tel de ces estimables littérateurs : mais ce que je puis et dois dire, c'est que mes notes, de fort peu de valeur d'abord, sont devenues très-bonnes, grâces aux soirées que m'accordoit l'amitié de M. Delille et aux nombreuses corrections que fit cet excellent

_____

(1) Lesquels tour à tour suppléaient M. Delille.

(2) J'expliquais Ovide, de l'original allant aux imitateurs, et rappelant tantôt La Fontaine seul, et tantôt Machiavel et La Fontaine, et tant d'autres imitateurs en tout genre.

juge, soit à mes notes, soit à deux des sommaires
de ces contes, qui sont fort bien écrits, et qui sont
presque entièrement son ouvrage.

Ce qui m'appartient dans ce que je publie aujour-
d'hui, ce sont et quelques notes éparses et la traduction avec notes de divers morceaux d'Ovide imités
par La Fontaine (1).

———————

(1) Plusieurs des dernières notes presque improvisées ont
été lues à une séance publique. Une excellente remarque m'a
été faite par MM. R. et W., sur cette locution *maint pleur*,
(fable 31, v. 5.) que d'abord je croyais fautive.

COMMENTAIRE

SUR

LES QUATRE DERNIÈRES FABLES

DE LA FONTAINE

RESTÉES JUSQU'A NOUS SANS OBSERVATIONS.

~~~~~~

PHILÉMON ET BAUCIS,

(FABLE 38.)

AVANT-PROPOS.

Il paraît que cette fable, imitée d'Ovide par La Fontaine, est née en Grèce. C'est du moins ce qu'indiquent les noms, entièrement grecs, des personnages qui en forment le titre, et ceux de quelques princes dont il est fait mention dans le commencement du récit de l'auteur latin. De plus, l'acte de

I

dureté odieux et punissable sur quoi porte le fondement de l'aventure est attribué à des Phrygiens,
nation ennemie des Grecs. Une raison plus forte
pour croire cette pièce d'origine grecque, c'est que
tout y respire, tout y retrace les mœurs homériques.

Quelle que soit la date de ce poëme, nous venons
trop tard pour pouvoir impunément en contester
l'invention aux Grecs. Apparemment un peuple poëte
a pu tirer de son propre fonds une fiction heureuse.
Comment donc Huet (1), l'un des plus savans princes
de l'église, avance-t-il que la visite de Jupiter et
de Mercure à Philémon et à Baucis (2) semble être
une copie de celle que deux anges font à Loth dans
la Genèse ? « *Aditus ille Jovis et Mercurii ad Phi-*
lemonem et Baucida, à quibus comiter habiti hu-
manitatis mercedem utrique rependerunt, angelorum
duorum accessum ad Loth et uxorem videtur signi-
ficare. Nam, his et illis è patriá eductis et in tuto col-
locatis, illic dii, hic angeli popularium vicinarum-
que gentium ulti sunt impietatem et totam regionem
stagnum effecerunt. »

« Le voyage de Jupiter et de Mercure chez Philémon et Baucis qui les accueillirent bien et qui re-
çurent la récompense due à leur humanité, paraît
répété de celui que deux anges font chez Loth et sa
femme. Car dans l'un les dieux, dans l'autre les
anges tirent ceux qu'ils protégent de leur patrie, les

---

(1) *Demonstratio evangelica*, page 123.
(2) *Ovidii Metamorphoseon*, liv. VIII, page 233.

placent dans un asile sûr, punissent l'impiété, ceux-ci des concitoyens du patriarche, ceux-là des voisins de Philémon, et font un lac de chaque contrée. »

Rien de solide n'appuie la conjecture énoncée dans ce passage; car, par exemple, si Philémon et Baucis lavent les pieds à leurs hôtes, ce n'est pas parce que Loth en a fait autant aux deux jeunes voyageurs. Cette pratique utile et affectueuse, l'un des devoirs de l'hospitalité ancienne, était commune aux Hébreux et aux Grecs des premiers temps. La précaution que l'on fait prendre à Jupiter de se montrer sous la forme humaine, et à Mercure de quitter ses ailes, se présente si naturellement à l'esprit, qu'assurément il n'a pas fallu que l'écrivain qui l'emploie eût sous les yeux l'exemple des deux envoyés célestes. Il est vrai qu'il y a quelque ressemblance entre la retraite de Philémon et de Baucis sur une montagne et la fuite de Loth et des siens dans une caverne, ainsi qu'entre la punition de ces villageois inhospitaliers et le châtiment des infâmes habitans de Sodome. Mais outre quelques différences notables qu'offrent les deux récits et qui sont telles, que l'un est partout un tableau affligeant, et l'autre à la fin une leçon consolante, il n'y a rien ici dans le fait de la Bible, source sacrée de tant d'idées sublimes, que de très-simple. Ce n'est pas là une de ces idées originales qui ne viennent qu'une fois, ou qui viennent rarement, une de ces conceptions uniques qui trahissent d'abord l'imitateur et confondent sans retour le plagiaire. On ne risque rien de croire que l'auteur de la fable n'a pas eu besoin de l'auteur de l'histoire, et que le savant archevêque Huet a peut-être trop cédé à l'esprit de système qui était de ne voir dans toute la mythologie que l'histoire corrompue.

Ovide ne pouvait qu'adopter un sujet qui finît par une métamorphose. La morale et le sentiment triomphent dans ce morceau de son livre. Jupiter cette fois ne descend pas sur la terre pour une entreprise galante; il vient faire éclater sa justice, punir l'insensibilité, récompenser la vertu. Mercure, oubliant l'indigne emploi qui a si fort décrié son nom, partage les intentions pures du dieu suprême dont il accompagne les pas. Certes, le poëte ne doit qu'à lui-même la forme qu'il donne à un fond si heureux; il a su orner sa fable à propos; on peut même remarquer que la gravité du sujet a passé par intervalles dans son style, et n'a pas peu imposé à son génie, prodigue de parure jusqu'à l'excès, et, pour ainsi dire, jusqu'à la coquetterie. Il se montre dans cette pièce moins fécond en antithèses, en jeux de mots, en froides subtilités, plus ami en un mot du naturel, que lorsqu'il décrit les folles passions des hommes et les scandales des dieux. Cependant, il n'est point encore assez en garde contre ses défauts favoris. Narcisse, qu'il a peint de si brillantes couleurs, est son emblème: comme lui, Ovide ne peut se guérir de la complaisance qu'il a dans ses agrémens; il se regarde incessamment avec amour, et se rit volontiers à lui-même.

Je vais, en faveur de ceux qui voudront comparer le poëte latin avec le poëte français, ou l'un et l'autre avec leurs imitateurs, transcrire le texte d'Ovide, et à côté, la version que j'en ai faite. Mon premier dessein était de rapporter la traduction de Bannier ou celle de Fontanelle : mais qu'on me permette de le dire, le goût le moins sévère ne peut approuver la manière dont ils ont traité le chef-d'œuvre d'Ovide. Comme l'ouvrage de la Fontaine n'est qu'une imitation libre, et que ses vers ne permettent guère à personne d'en hasarder d'autres après lui sur le même sujet, ils se sont proposés d'être plus fidèles, et se sont crus, avec raison, assez autorisés à écrire en prose. Observons que Bannier y était forcé, que dis-je, condamné par la nature. Tous deux, au reste, pour se faire pardonner le parti qu'ils prenaient, auraient dû au moins rendre leur prose poétique ; mais c'est à quoi ils n'ont point pensé. Ils lui ont donné un caractère tout différent. L'harmonie n'est rien pour eux ; ne leur parlez ni d'abondance, ni de précision, ni de variété de style. Leur vue débile et trouble ne distingue point de nuances ; on croirait qu'ils ont pris à tâche de détruire l'effet des images, des figures, des périphrases que le poëte emploie pour faire passer des objets choquans, en relever de petits, en embellir de communs, et pour exprimer dignement le sublime, le pathétique, le gracieux : ils trouvent aisément, dans notre langue abondante en termes ainsi qu'en tours familiers et populaires, de quoi défigurer leur modèle et le rendre bien trivial. Si Racine s'indignait contre le traducteur qui voulait donner de l'esprit à Démosthènes, qu'aurait-il dit de ceux qui ne laissent pas d'esprit à Ovide, et qui ont fait subir à ce charmant auteur lui-même la plus étrange métamorphose. Je cite au hasard quelques échantillons de la manière dont ils ont interprété Ovide. Voici Bannier : « Les Dieux furent reçus avec » beaucoup d'accueil ; ils entrèrent en se baissant, » parce que la porte était basse..... Baucis leur pré- » senta des siéges, sur lesquels elle mit un peu » de chaume pour les faire asseoir plus à leur » aise : après quoi elle se mit en devoir d'allumer » du feu ; lui, de son côté, prit du vieux lard qui » était pendu au plancher, et, en ayant coupé un » morceau, le mit dans le pot, etc. etc. »

Fontanelle, quoique auteur d'une tragédie bien versifiée, n'a pas su non plus se garantir de ces lo- cutions communes, pires, peut-être, que des con- tre-sens ; il dit aussi : « Elle épluche des légumes que » son mari vient de cueillir dans son petit jardin... » Il détache avec une fourche le dos d'un pourceau » pendu à une poutre... S'apercevoir du retardé- » ment du repas... Elle retrousse sa robe... Elle es- » suie la table et la frotte... Un vase pareillement » d'argile... Le dedans des tasses de bois de hêtre » est propre et bien ciré... Cet oiseau fatigue les » bonnes gens..... Leur cabane subsistait toute » seule, etc. etc. »

Ai-je mieux fait que ces deux traducteurs estimés

dans d'autres genres? Je l'ignore. Instruit par leur exemple, j'ai tâché de ne point mériter le reproche que je leur fais. Peut-être ne l'éviterai-je pas, et peut-être mériterai-je de plus grands reproches en-core?

Nous allons donner d'abord, ainsi que nous l'avons annoncé, le texte d'Ovide, et la version en regard; ensuite, la Fontaine avec des notes.

PHILEMON.

Ovid. Met. lib. 8, fab. 7, 8 et 9, ed. Burm.; lib. 8,
fab. ed. Fontanelle.

Amnis ab his tacuit. Factum mirabile cunctos
Moverat. Irridet credentes , utque Deorum
Spretor erat, mentisque ferox , Ixione natus ;
« Ficta refers, nimiùmque putas , Acheloë, potentes
» Esse Deos , dixit, si dant adimuntque figuras. »   5
Obstupuère omnes , nec talia dicta probârunt :
Ante omnesque Lelex , animo maturus et ævo,
Sic ait : Immensa est, finemque potentia cæli
Non habet , et quidquid Superi voluère , peractum est.
Quoque minùs dubites , tiliæ contermina quercus   10
Collibus est Phrygiis , modico circumdata muro.
Ipse locum vidi ; nam me Pelopeïa Pittheus
Misit in arva , suo quondam regnata parenti.
Haud procul hinc stagnum est , tellus habitabilis olim ,
Nunc celebres mergis fulicisque palustribus undæ.   15
Jupiter huc specie mortali , cumque parente
Venit Atlantiades positis Caducifer alis.
Mille domos adière, locum requiemque petentes ;
Mille domos clausère seræ. Tamen una recepit ,
Parva quidem , stipulis et cannâ tecta palustri.   20
Sed pia Baucis anus , parilique ætate Philemon ,
Illà sunt annis juncti juvenilibus, illà

PHILÉMON ET BAUCIS.

Le fleuve se tut à ces mots. Son récit merveilleux avait frappé tous les esprits. Seul, le fils d'Ixion altier et plein de mépris pour les dieux, se moqua de tant de crédulité. « Tu nous contes des fables, Achéloüs, dit-il, et tu » donnes trop de pouvoir aux dieux, quand tu crois qu'ils » changent à leur gré les figures de nos corps. »

Chacun s'étonne, personne n'approuve, et Lelex, dont l'âge a mûri la sagesse naturelle, s'empresse de parler en ces termes : « Le pouvoir des dieux est immense, il n'a point de bornes ; ce qu'ils veulent, est fait soudain : tu n'en douteras plus, écoute.

On aperçoit en Phrygie, sur des collines, un chêne, et à côté un tilleul ; un mur sans apparence règne à l'entour. Voilà ce que j'ai vu, lorsque Pithée m'envoya dans ces campagnes, où Pélops, son père, avait régné autrefois. Non loin de là est un lac, jadis terre habitée, aujourd'hui retraite des plongeons et des poules aquatiques. Jupiter, sous les traits d'un mortel, descendit dans ces lieux, et avec lui le dieu du Caducée, son fils, qui déposa ses ailes. Ils frappèrent à cent portes, demandant asile et repos. Cent serrures restèrent fermées, un seul logis pourtant les reçut, logis étroit, cabane couverte de chaume et de roseaux ; mais c'est là que le vieux Philémon et la vieille, la pieuse Baucis ont été unis par l'hymen, dès

Consenuêre casâ, paupertatemque ferendo
Effecêre levem, nec iniquâ mente ferendam.
Nec refert, dominos illic, famulosne requiras.   25
Tota domus, duo sunt : iidem parentque, jubentque.
Ergo, ubi cælicolæ parvos tetigêre penates,
Submissoque humiles intrârunt vertice postes ;
Membra senex posito jussit relevare sedili,
Quod super injecit textum rude sedula Baucis.   30
Inde foco tepidum cinerem dimovit , et ignes
Suscitat hesternos, foliisque et cortice sicco
Nutrit , et ad flammas animâ perducit anili :
Multifidasque faces, ramaliaque arida, tecto
Detulit, et minuit, parvoque admovit aeno.   35
Quodque suus conjux riguo collegerat horto,
Truncat olus foliis. Furcâ levat ille bicorni
Sordida terga suis, nigro pendentia tigno ;
Servatoque diù resecat de tergore partem
Exiguam, sectamque domat ferventibus undis.   40

FAB. XVI. (ED. FONT.)

INTEREA medias fallunt sermonibus horas,
Sentirique moram prohibent. Erat alveus illic
Fagineus, curvâ clavo suspensus ab ansâ.
Is tepidis impletur aquis, artusque fovendos
Accipit. In medio torus est, de mollibus ulvis,   5
Impositus lecto, spondâ pedibusque salignis ;
Vestibus hunc velant, quas non nisi tempore festo
Sternere consuerant ; sed et hæc vilisque, vetusque
Vestis erat, lecto non indignanda saligno.

leur tendre jeunesse; c'est là qu'ils ont passé leur vie ensemble. Leur patience a rendu plus léger pour eux le poids
de la pauvreté, ils la supportent sans murmure; ne cher-
chez là ni maîtres, ni valets; ils sont eux seuls tout leur
monde, chacun obéit, chacun commande. Aussitôt que
les dieux arrivés à ces humbles pénates, furent entrés
en baissant la tête, le vieillard les pressa de reposer leurs
membres fatigués, il a placé des siéges devant eux, et
l'attentive Baucis a jeté dessus une étoffe grossière,
ensuite elle écarte la cendre du foyer à demi chaude
encore, ranime le feu de la veille, le nourrit d'écorce et
de feuillage, et son souffle haletant, fait naître par degrés la flamme. Elle détache du toit de sa chaumière des
souches fendues, des branches desséchées qu'elle taille et
qu'elle dispose sous sa chétive chaudière, et les légumes
que son époux a cueillis dans le jardin où coule l'eau qui
l'arrose: elle les sépare de leurs feuilles inutiles. Pour
lui, armé d'une fourche à deux dents, il soulève, il descend le lard enfumé que la poutre noircie retenait suspendu; il coupe une mince tranche du porc long-temps conservé, et la soumet à l'onde bouillante qui va l'attendrir.

Cependant ils s'efforcent, par leurs discours, de tromper l'ennui de leurs hôtes, jusqu'à l'instant du repas, et
ne leur permettent point de sentir qu'ils attendent.

Il y avait là un bassin de bois de hêtre, suspendu par
l'anse à un clou: bientôt il est rempli d'eau tiède, les
pieds des voyageurs vont être lavés. Au milieu de la
chaumière s'offrait un lit de festin, couvert d'herbes de
marais, fraîches et molles, et faites de bois de saule, ainsi
que les colonnes; ils le revêtent d'un tapis que l'on ne dé-

Accubuêre Dii. Mensam succincta, tremensque   10
Ponit anus; mensæ sed erat pes tertius impar;
Testa parem fecit. Quæ postquam subdita clivum
Sustulit, æquatam mentæ extersere virentes.
Ponitur hic bicolor sinceræ bacca Minervæ;
Conditaque in liquidâ corna autumnalia fæce,   15
Intubaque, et radix, et lactis massa coacti;
Ovaque non acri leviter versata favillâ :
Omnia fictilibus. Post hæc cælatus eâdem
Sistitur argillâ crater, fabricataque fago
Pocula, quâ cava sunt, flaventibus illita ceris.   20
Parva mora est; epulasque foci misêre calentes;
Nec longæ rursus referuntur vina senectæ,
Dantque locum mensis paulùm seducta secundis.
Hìc nux, hìc mista est rugosis carica palmis,
Prunaque, et in patulis redolentia mala canistris,   25
Et de purpureis collectæ vitibus uvæ.
Candidus in medio favus est : super omnia vultus
Accessêre boni, nec iners pauperque voluntas.
Intereà quoties haustum cratera repleri
Sponte suâ, per seque vident succrescere vina,   30
Attoniti novitate pavent, manibusque supinis
Concipiunt Baucisque preces timidusque Philemon,
Et veniam dapibus nullisque paratibus orant.
Unicus anser erat, minimæ custodia villæ,
Quem dis hospitibus domini mactare parabant.   35
Ille celer pennâ tardos ætate fatigat,
Eluditque diù, tandemque est visus ad ipsos
Confugisse Deos. Superi vetuêre necari,
« Dîque sumus, meritasque luet vicinia pœnas
» Impia, dixerunt, vobis immunibus hujus   40
» Esse mali dabitur; modò vestra relinquite tecta,

ploie qu'aux jours de fêtes. Le tapis vieux, commun,
n'est point indigne du lit de bois de saule. La vieille
Baucis qui a relevé sa robe, dresse la table de ses mains
tremblantes ; mais l'un des trois pieds est moins long que
les autres. Un débris d'ancien vase rétablit le niveau. Ainsi
étayée, ils l'essuient avec un verdoyant rameau de menthe.
On sert le fruit bicolore de l'arbre que Minerve a créé ;
la cornouille d'automne, conservée dans un marc liquide;
des feuilles de chicorée, des raves et du fromage nouveau,
et des œufs cuits doucement sous la cendre demi-chaude.
Tout se présente dans des vaisseaux de terre ; ensuite on
apporte une coupe de la même magnificence, et des tasses de
hêtre dont le fond est frotté de cire jaunissante. Le délai
est court, et déjà l'âtre échauffé a envoyé le potage. Le
vin, dont l'âge est peu ancien, est apporté à son tour.
Enfin, aux premiers plats enlevés succède le dessert. Ici
paraissent la noix, la figue sauvage, mêlée avec la datte
vidée, les prunes, les pommes odorantes contenues dans
de larges corbeilles, et des raisins pourprés nouvellement
cueillis. Au milieu est un rayon de miel blanc; au-dessus
de tout, brillèrent sur leur visage la bienveillante cour-
toisie, le bon vouloir qui ne connaissait ni lenteur, ni
indigence.

Cependant, ils remarquent que le vase, à mesure qu'on
le vide, s'emplit de lui-même, et que le vin y monte
par degrés. Chaque fois ils s'étonnent, ils s'effraient ; ce
prodige les fait recourir à la prière, et Baucis, et son
timide époux, les mains jointes, demandent grâce pour
leurs mets vulgaires, et leur repas sans apprêts ; il leur
restait une oie, sentinelle de la maisonnette, et ils se pré-
paraient à l'immoler pour leurs hôtes divins. Mais l'oiseau,
fuyant à l'aide de ses ailes, fatigue ses maîtres, élude

» Ac nostros comitate gradus, et in ardua montis
» Ite simul (1), » parent, et, dis præeuntibus, ambo.
Membra levant baculis, tardique senilibus annis
Nituntur longo vestigia ponere clivo.

FAB. XVII. (ED. FONT.)

Tantùm aberant summo, quantùm semel ire sagitta
Missa potest, flexere oculos et mersa palude
Cœtera prospiciunt, tantùm sua tecta manere.
Dùmque ea mirantur, dùm deflent fata suorum,
Mersa vident, quæruntque suæ pia culmina villæ (2).   5
Illa vetus, dominis etiam casa parva duobus,
Vertitur in templum; furcas subiêre columnæ (3),
Cœlatæque fores adopertaque marmore tellus.
Talia tùm placido saturnius edidit ore :
« Dicite, juste senex, et fœmina conjuge justo   10
Digna, quid optatis? » cum Baucide pauca locutus,
Consilium superis aperit commune Philemon :
« Esse sacerdotes, delubraque vestra tueri
Poscimus, et, quoniam concordes egimus annos,
Auferat hora duos eadem, nec conjugis unquam   15
Busta meæ videam, neu sim tumulandus ab illâ. »

---

(1) Ite simul. Parent ambo, baculis que levati
    Nituntur, etc. *Ed. de Burm.*
(2) Omittit, *ed. Burm.*
(3) Stramina flavescunt : adoperta que marmore tellus.
    Caelatæ que fores, aurataque tecta videntur. *Ed. Burm.*

long-temps leur poursuite appesantie, et va enfin se réfugier, comme à dessein, auprès des immortels ; ils défendirent de lui donner la mort. « Nous sommes des dieux,
» dirent-ils, et vos voisins, cœurs sans pitié, vont subir
» la peine qu'ils méritent. Il vous est accordé d'être
» épargnés par le fléau qui les attend, pourvu que vous
» quittiez votre demeure. Suivez nos pas, et venez avec
» nous au haut de ce mont. »

Ils obéissent, et précédés des dieux, aidés de leurs bâ-
tons, ils s'efforcent malgré le poids des ans, qui retarde
leur marche, de gravir la longue montagne. Ils n'avaient
plus, pour atteindre le sommet, qu'autant de chemin à
continuer qu'un trait lancé peut parcourir d'espace, lorsqu'ils tournèrent la tête ; ils voient le sol inondé au loin
des eaux d'un lac. Seule, leur maison est restée debout.
Tandis qu'ils s'étonnent, qu'ils déplorent la destinée de
leurs voisins, ils s'aperçoivent que l'onde a englouti
leurs toits religieux, et leurs regards les cherchent encore.
Vieille, et déjà trop étroite pour ses deux maîtres, la
cabane se change en un temple ; des colonnes remplacent
les soliveaux fourchus ; le chaume se couvertit en or ;
l'or brille sur les toits ; les portes sont ornées de ciselures ;
la terre est pavée de marbre. Le fils de Saturne alors
adresse au couple ces paroles affectueuses : « Vertueux
» vieillard, et vous, digne femme d'un mari vertueux,
» dites ce que vous souhaitez. »

Philémon, après un court entretien avec Baucis, découvre en ces termes leur vœu commun : « Nous souhai-
tons d'être prêtres de ce temple et gardiens de vos autels ;

Vota fides sequitur, templi tutela fuêre,
Donec vita data est : annis ævoque soluti,
Ante gradus sacros cùm starent forte, locique
Narrarent casus, frondere Philemona Baucis,   20
Baucida conspexit senior frondere Philemon.
Jamque super geminos crescente cacumine vultus,
Mutua, dùm licuit, reddebant dicta « valeque,
O conjux » dixere simul, simul abdita texit
Ora frutex. Ostendit adhuc Tyaneius illic   25
Incola de gemino vicinos corpore truncos.
Hæc mihi non vani (nec erat cur fallere vellent)
Narravêre senes : equidem pendentia vidi
Serta super ramos, ponensque recentia, dixi :
« Cura Pii Dîs sunt, et, qui coluêre, coluntur. »   30

L'aventure de Philémon et de Baucis devait plaire
surtout à celui que l'on a, par excellence, appelé le bon
homme. Un mariage heureux, et bien différent du sien ;
la vie simple des champs ; des mœurs religieuses dont le
goût vivait dans son âme ; ce plaisir de faire du bien qui
n'est refusé à aucune condition, cette dignité, mêlée de
candeur, attachée à la vieillesse compatissante, tout, dans
ce poëme, sympathisait avec ses penchans, ses principes,
son caractère : et ce genre de beau poétique appartenait
de droit à son talent de conteur philosophe. Comme Molière, *il reprenait son bien*, en adoptant un ouvrage où
ce qu'il y a de tragique occupe peu de place dans le lointain, où l'enjouement est tout au profit de la morale, où
l'enfance aussi trouve de quoi s'intéresser à sa manière.

Je me le représente souriant d'aise pendant cette charmante lecture, recueillant par préférence les traits naïfs
que la nature du sujet inspire à Ovide comme à son insu,

et, comme nous avons passé notre vie ensemble, au sein de la concorde, puisse la même heure nous enlever ensemble ! Puissé-je ne voir jamais le bûcher de ma femme, et n'être point inhumé par elle. »

Jupiter remplit sa promesse; ils furent les gardiens du temple tout le temps qu'il leur fut donné de vivre encore. Affaiblis par l'âge, ils se tenaient un jour devant les marches sacrées, et là ils s'entretenaient de la merveilleuse histoire du lieu, lorsque Baucis vit Philémon se couvrir de feuilles, et que Philémon vit Baucis s'en couvrir aussi. Déjà l'écorce croissante s'avançait vers leurs visages, et mutuellement ils s'adressaient les plus tendres discours : « Adieu, cher époux, adieu, chère épouse, » dirent-ils ensemble, tant qu'ils le purent, et jusqu'à ce que leurs bouches fussent dans le même instant closes et cachées.

L'habitant de Tyane montre encore aujourd'hui l'un près de l'autre les troncs de ces arbres nés de deux corps humains. Des vieillards dignes de foi (et pourquoi auraient-ils voulu me tromper?) m'ont fait ce récit. Que dis-je! mes yeux ont vu des guirlandes de fleurs suspendues aux rameaux. J'en ai placé moi-même de nouvelles, en disant : « Les mortels pieux sont chers au ciel, et ceux qui l'ont honoré sont honorés à leur tour. »

---

perfectionnant à l'heure même ce qu'il lui emprunte; plus d'une fois aussi laissant là mal à propos son modèle, écrivant pour créer en l'imitant, mais créant avec trop peu d'efforts une imitation originale qui abonde en beautés exquises, et offre en même temps quelques défauts semblables après tout à ces taches qui ne déparent pas toujours les belles physionomies.

PHILÉMON ET BAUCIS,

PAR LA FONTAINE,

(FABLE 28.)

A MONSEIGNEUR LE DUC DE VENDÔME.

Ni l'or, ni la grandeur ne nous rendent heureux :
Ces deux divinités n'accordent à nos vœux
Que des biens peu certains, qu'un plaisir peu tranquille,
Des soucis dévorans c'est l'éternel asile :
Véritable vautour que le fils de Japet   5
Représente enchaîné sur son triste sommet.
L'humble toit est exempt d'un tribut si funeste ;
Le sage y vit en paix, et méprise le reste.
Content de ses douceurs, errant parmi les bois,
Il regarde à ses pieds les favoris des rois ;   10
Il lit au front de ceux qu'un vain luxe environne,
Que la Fortune vend ce qu'on croit qu'elle donne.
Approche-t-il du but, quitte-t-il ce séjour,
Rien ne trouble sa fin, c'est le soir d'un beau jour.
Philémon et Baucis nous en offrent l'exemple ;   15
Tous deux virent changer leur cabane en un temple.
Hyménée et l'Amour, par des désirs constans,
Avaient uni leurs cœurs dès leur plus doux printemps :
Ni le temps, ni l'hymen n'éteignirent leur flamme ;

Clotho prenait plaisir à filer cette trame. 20
Ils surent cultiver, sans se voir assistés,
Leur enclos et leur champ par deux fois vingt étés.
Eux seuls ils composaient toute leur république :
Heureux de ne devoir à pas un domestique
Le plaisir ou le gré des soins qu'ils se rendaient ! 25
Tout vieillit : sur leur front les rides s'étendaient;
L'amitié modéra leurs feux sans les détruire,
Et par des traits d'amour sut encor se produire.
Ils habitaient un bourg plein de gens, dont le cœur
Joignait aux duretés un sentiment moqueur. 30
Jupiter résolut d'abolir cette engeance.
Il part avec son fils, le dieu de l'éloquence;
Tous deux en pèlerins vont visiter ces lieux.
Mille logis y sont, un seul ne s'ouvre aux dieux.
Prêts enfin de quitter un séjour si profane, 35
Ils virent à l'écart une étroite cabane,
Demeure hospitalière, humble et chaste maison.
Mercure frappe, on ouvre : aussitôt Philémon
Vient au-devant des dieux, et leur tient ce langage :
Vous me semblez tous deux fatigués du voyage, 40
Reposez-vous; usez du peu que nous avons :
L'aide des dieux a fait que nous le conservons;
Usez-en : saluez ces pénates d'argile.
Jamais le ciel ne fut aux humains si facile,
Que quand Jupiter même était de simple bois : 45
Depuis qu'on l'a fait d'or, il est sourd à nos voix.
Baucis, ne tardez point, faites tiédir cette onde;
Encor que le pouvoir au désir ne réponde,
Nos hôtes agréeront les soins qui leur sont dus.
Quelques restes de feu sous la cendre épandus, 50
D'un souffle haletant par Baucis s'allumèrent :

Des branches de bois sec aussitôt s'enflammèrent.
L'onde tiède, on lava les pieds des voyageurs.
Philémon les pria d'excuser ces longueurs ;
Et pour tromper l'ennui d'une attente importune,   55
Il entretint les dieux, non point sur la fortune,
Sur ses jeux, sur la pompe et la grandeur des rois,
Mais sur ce que les champs, les vergers et les bois
Ont de plus innocent, de plus doux, de plus rare.
Cependant par Baucis le festin se prépare.   6o
La table où l'on servit le champêtre repas,
Fut d'ais non façonnés à l'aide du compas :
Encore assure-t-on, si l'histoire en est crue,
Qu'en un de ses supports le temps l'avait rompue.
Baucis en égala les appuis chancelans   65
Du débris d'un vieux vase, autre injure des ans.
Un tapis tout usé couvrit deux escabelles :
Il ne servait pourtant qu'aux fêtes solennelles.
Le linge orné de fleurs fut couvert, pour tout mets,
D'un peu de lait, de fruits, et des dons de Cérès.   70
Les divins voyageurs, altérés de leur course,
Mêlaient au vin grossier le cristal d'une source.
Plus le vase versait, moins il s'allait vidant.
Philémon reconnut ce miracle évident :
Baucis n'en fit pas moins : tous deux s'agenouillèrent ; 75
A ce signe d'abord leurs yeux se dessillèrent.
Jupiter leur parut avec ces noirs sourcils
Qui font trembler les cieux sur leurs pôles assis.
Grand dieu, dit Philémon, excusez notre faute :
Quels humains auraient cru recevoir un tel hôte ?   8o
Ces mets, nous l'avouons, sont peu délicieux ;
Mais, quand nous serions rois, que donner à des dieux ?
C'est le cœur qui fait tout : que la terre et que l'onde

Apprêtent un repas pour les maîtres du monde,
Ils lui préféreront les seuls présens du cœur.   85
Baucis sort à ces mots pour réparer l'erreur.
Dans le verger courait une perdrix privée,
Et par de tendres soins dès l'enfance élevée :
Elle en veut faire un mets, et la poursuit en vain ;
La volatille échappe à sa tremblante main :   90
Entre les pieds des dieux elle cherche un asile.
Ce recours à l'oiseau ne fut pas inutile :
Jupiter intercède. Et déjà les vallons
Voyaient l'ombre en croissant tomber du haut des monts.
Les dieux sortent enfin, et font sortir leurs hôtes.   95
De ce bourg, dit Jupin, je veux punir les fautes.
Suivez-nous : toi, Mercure, appelle les vapeurs.
O gens durs! vous n'ouvrez vos logis ni vos cœurs.
Il dit, et les autans troublent déjà la plaine.
Nos deux époux suivaient, ne marchant qu'avec peine. 100
Un appui de roseau soulageait leurs vieux ans.
Moitié secours des dieux, moitié peur, se hâtans,
Sur un mont assez proche enfin ils arrivèrent.
A leurs pieds aussitôt cent nuages crevèrent.
Des ministres du dieu les escadrons flottans   105
Entraînèrent sans choix animaux, habitans,
Arbres, maisons, vergers, toute cette demeure :
Sans vestiges du bourg, tout disparut sur l'heure.
Les vieillards déploraient ces sévères destins.
Les animaux périr! Car encor les humains,   110
Tous avaient dû tomber sous les célestes armes.
Baucis en répandit en secret quelques larmes.
Cependant l'humble toit devient temple, et ses murs
Changent leur frêle enduit en marbres les plus durs.
De pilastres massifs les cloisons revêtues,   115

En moins de deux instans s'élèvent jusqu'aux nues;
Le chaume devient or, tout brille en ce pourpris :
Tous ces événemens sont peints sur les lambris.
Loin, bien loin les tableaux de Zeuxis et d'Apelle;
Ceux-ci furent tracés d'une main immortelle.   120
Nos deux époux, surpris, étonnés, confondus,
Se crurent, par miracle, en l'Olympe rendus.
Vous comblez, dirent-ils, vos moindres créatures :
Aurions-nous bien le cœur et les mains assez pures,
Pour présider ici sur les honneurs divins,   125
Et, prêtres, vous offrir les vœux des pèlerins?
Jupiter exauça leur prière innocente.
Hélas! dit Philémon, si votre main puissante
Voulait favoriser jusqu'au bout deux mortels,
Ensemble nous mourrions en servant vos autels :   130
Clotho ferait d'un coup ce double sacrifice :
D'autres mains nous rendraient un vain et triste office.
Je ne pleurerais point celle-ci, ni ses yeux
Ne troubleraient non plus de leurs larmes ces lieux.
Jupiter, à ce vœu, fut encor favorable.   135
Mais oserai-je dire un fait presque incroyable?
Un jour qu'assis tous deux dans le sacré parvis,
Ils contaient cette histoire aux pèlerins ravis,
La troupe à l'entour d'eux debout prêtait l'oreille.
Philémon leur disait : Ce lieu plein de merveille   140
N'a pas toujours servi de temple aux immortels.
Un bourg était autour, ennemi des autels,
Gens barbares, gens durs, habitacles d'impies :
Du céleste courroux tous furent les hosties;
Il ne resta que nous d'un si triste débris :   145
Vous en verrez tantôt la suite en nos lambris :
Jupiter l'y peignit. En contant ces annales,

Philémon regardait Baucis par intervalles :
Elle devenait arbre et lui tendait les bras :
Il veut lui tendre aussi les siens, et ne peut pas ;   150
Il veut parler, l'écorce a sa langue pressée ;
L'un et l'autre se dit adieu de la pensée :
Le corps n'est tantôt plus que feuillage et que bois.
D'étonnement la troupe, ainsi qu'eux perd la voix ;
Même instant, même sort à leur fin les entraîne :   155
Baucis devient tilleul, Philémon devient chêne.
On les va voir encor, afin de mériter
Les douceurs qu'en hymen amour leur fit goûter.
Ils courbent sous le poids des offrandes sans nombre.
Pour peu que des époux séjournent sous leur ombre,   160
Ils s'aiment jusqu'au bout, malgré l'effort des ans.
Ah ! si..... Mais autre part j'ai porté mes présens.
Célébrons seulement cette métamorphose.
De fidèles témoins m'ayant conté la chose,
Clio me conseilla de l'étendre en ces vers,   165
Qui pourront quelque jour l'apprendre à l'univers.
Quelque jour on verra chez les races futures,
Sous l'appui d'un grand nom passer ces aventures.
Vendôme, consentez au lot que j'en attends ;
Faites-moi triompher de l'Envie et du Temps ;   170
Enchaînez ces démons, que sur nous ils n'attentent,
Ennemis des héros et de ceux qui les chantent.
Je voudrais pouvoir dire en un style assez haut,
Qu'ayant mille vertus, vous n'avez nul défaut.
Toutes les célébrer serait œuvre infinie ;   175
L'entreprise demande un plus vaste génie,
Car quel mérite enfin ne vous fait estimer :
Sans parler de celui qui force à vous aimer ?
Vous joignez à ces dons l'amour des beaux ouvrages ;

Vous y joignez un goût plus sûr que nos suffrages ;   180
Don du ciel, qui peut seul tenir lieu des présens
Que nous font à regret le travail et les ans.
Peu de gens élevés, peu d'autres encor même,
Font voir par ces faveurs que Jupiter les aime.
Si quelque enfant des dieux les possède, c'est vous ;   185
Je l'ose, dans ces vers, soutenir devant tous.
Clio, sur son giron, à l'exemple d'Homère,
Vient de les retoucher, attentive à vous plaire :
On dit qu'elle et ses sœurs, par l'ordre d'Apollon,
Transportent dans Anet (1) tout le sacré vallon :   190
Je le crois. Puissions-nous chanter sous les ombrages
Des arbres dont ce lieu va border ses rivages !
Puissent-ils, tout d'un coup, élever leurs sourcils,
Comme on vit autrefois Philémon et Baucis !

_____

(1) Beau château de M. le duc de Vendôme.

REMARQUES

SUR LE CONTE DE PHILÉMON ET BAUCIS,

PAR LA FONTAINE.

> V. 1. Ni l'or, ni la grandeur ne nous rendent heureux :
> Ces deux divinités n'accordent à nos vœux
> Que des biens peu certains, qu'un plaisir peu tranquille,
> Des soucis dévorans c'est l'éternel asile :
> Véritable vautour que le fils de Japet
> Représente enchaîné sur son triste sommet.
> L'humble toit est exempt d'un tribut si funeste ;
> Le sage y vit en paix, et méprise le reste.
> Content de ses douceurs, errant parmi les bois,
> Il regarde à ses pieds les favoris des rois ;
> Il lit au front de ceux qu'un vain luxe environne,
> Que la fortune vend ce qu'on croit qu'elle donne.
> Approche-t-il du but, quitte-t-il ce séjour,
> Rien ne trouble sa fin, c'est le soir d'un beau jour.

Un sentiment intime et vrai a dicté ce début, dont le premier vers a un mouvement vif, lyrique même, et dont le dernier, *Rien ne trouble sa fin, c'est le soir d'un beau jour*, contient tout à la fois une ingénieuse comparaison, une riante image. La Fontaine était en verve lorsqu'il enfanta ce prologue, qu'on aime à lire, à relire, à retenir par cœur, à citer.

V. 3. Biens et certains

Riment tout-à-fait à l'oreille : une pareille rime ne devrait donc pas se trouver dans le même hémistiche.

Quelques autres défauts empêcheront que ce morceau ne soit dit parfait.

V. 4.   Des soucis dévorans, c'est l'éternel asile.

C'est l'éternel asile tombe sur l'or et la grandeur; mais l'or et la grandeur sont des objets bien distincts, et deux singuliers veulent le verbe au pluriel. Il faudrait donc, pour la plus grande exactitude, *ce sont les éternels asiles*: malheureusement, cette exactitude prosaïque produirait deux syllabes de plus que n'en veut la mesure.

V. 6.   Représente enchaîné sur son triste sommet.

Il semblerait par le mot *représente*, ici très-mal placé, je crois, que le fils de Japet doit être regardé comme l'emblème du vautour, dont néanmoins il est expressément la victime dans l'allégorie célèbre qui a pour titre : *Le vautour de Prométhée*. On sait qu'il y est l'emblème du crime et que l'oiseau de proie y est celui du remords.

D'après ces notions consacrées, on fera peut-être une remarque critique d'une autre nature; c'est qu'il y a de l'exagération à comparer les soucis attachés à la condition des riches et des grands avec les angoisses affreuses que doivent éprouver les pervers. En y réfléchissant, on ne verra pas, ce semble, assez de conformité entre le sort des hommes favorisés que l'on dit malheureux et que l'on envie, et l'effrayant supplice du coupable qui, pour parler la langue exotérique des mythologues, déroba le feu du ciel.

Il y a une faute dans *enchaîné;* où il est, il semble appartenir à *vautour*, du moins dans la prononciation, et c'est au fils de Japet que l'auteur veut qu'on le rapporte; c'est pour cela qu'après *représente*, des éditeurs posent une virgule, qui pourtant sert peu à lever l'équivoque, tant est vicieuse la disposition de *représente* et d'*enchaîné*. Cette transposition du sujet de la phrase après le verbe, répond à cette espèce de latinisme : *Quem filius Japeti repræsentat catenis obstrictus :* or, même la prose rejette les latinismes.

V. 7. L'humble toit est exempt d'un tribut si funeste.

La même consonne *t* et la même voyelle *e*, répétées, l'une trois fois, l'autre deux, dans le premier hémistiche, *toi tes te*, forment un son rude et qui choque l'oreille.

V. 9. Content de ses douceurs, errant parmi les bois.

Content de ses douceurs, pour *des douceurs de sa vie* ou *des douceurs qu'il goûte*, est ellipse peu commune. Le *Dictionnaire critique de la langue française* (1) n'attribue à *douceurs* au pluriel et sans régime que ces deux significations : 1°. de choses galantes et flatteuses qu'on dit à une femme; 2°. de morceaux friands, de sucreries; mais la poésie doit avoir aussi son dictionnaire. La poésie a le pouvoir d'oser tout, même dans les mots : souvent elle ose se mettre en contradiction avec l'usage. Par exemple, en donnant par extension au mot *douceurs* sans régime, mais modifié par *ses*, mais ayant par ce qui précède un sens déterminé, une signification non équivoque, celle de *plaisirs* ou *agrémens de la vie*, la poésie est aussi bien fondée dans sa hardiesse que l'usage a cru l'être à borner exclusivement le sens de ce terme à certaines friandises ou aux flatteries des galans. Toute ellipse, chez les poëtes, est bonne lorsqu'on l'entend sans peine et que celui qui l'emploie en a besoin pour être précis, chaud, passionné, éloquent : l'exception grammaticale devient alors une règle de gout.

V. 9. .... Errant parmi les bois.

Au premier aspect, *parmi* semble impropre; *parmi* est bon pour les personnes; *dans* est meilleur pour les lieux et

---

(1) Cet utile dictionnaire imprimé à Marseille, et trop peu connu ailleurs, a pour auteur l'abbé Féraud, digne élève de l'abbé d'Olivet.

les choses : voilà l'usage. De plus, la première de ces deux prépositions présente, quand on y réfléchit bien, une continuité marquée et sans interruption, trop sensible dans les objets entre lesquels on se trouve. Rien de plus correct que cette phrase : *Errer parmi les fleurs d'un parterre, d'un jardin ;* rien ne le serait moins que cette autre : *Errer parmi les villes et les villages d'un pays.*

Strictement, il en doit être de même de l'expression *errant parmi les bois*, à moins qu'on ne suppose qu'il s'agit de bois voisins et très-près l'un de l'autre. Je n'avancerai donc pas que *parmi* place le sage au milieu de plusieurs bois contigus, parce qu'il n'y a rien dans le texte qui énonce clairement cette circonstance de forêts qui se touchent ; mais encore ici nous réclamerons les priviléges de la poésie. Je dirai que celui qu'elle a de tout animer, de tout personnifier, elle l'étend aux bois. Chez elle, ils sont gais, tristes, religieux, prophètes, voluptueux, jaloux, discrets, indiscrets. Virgile leur enseigne à répéter le nom de la belle Amaryllis ; Horace les entretient de ses rêveries philosophiques ; dans Ovide, ils s'inclinent pour mieux écouter Orphée. Dois-je être accusé de paradoxe et de subtilité quand je conjecture, non sans raisons plausibles, que *parmi*, dans cet endroit de notre poëte, fait entendre que les bois, au sein desquels le sage aime à se promener, sont ses amis, ses confidens, j'ai presque dit, sa compagnie d'habitude ?

Cette remarque devient en partie inexacte, si l'on admet avec un membre actuel de l'académie que *parmi* est abbréviation de *par le milieu.*

V. 10. Il regarde à ses pieds les favoris des rois.

Voilà, certes, un beau vers ; mais voilà aussi une image un peu fastueuse, un sentiment un peu hautain pour un sage calme, pour un modeste amant des bois, pour un autre Philémon qui ne songe pas même aux monarques, ni aux cours, ni aux courtisans; j'aime mieux, je l'avoue, le ton d'Horace dans ce conseil où la philosophie ne décèle point l'orgueil.

> *Fuge magna : licet sub paupere tecto*
> *Reges et regum vita prævertere amicos.*
>
> Fuyez les grandeurs. On peut sous un toit pauvre, surpasser en bonheur les rois et les amis des rois.

V. 16. Tous deux virent changer leur cabane en un temple.

Eh! pourquoi, moins habile qu'Ovide, m'informez-vous déjà de ce que j'aime mieux ne pas savoir encore? vous qui observez si bien ailleurs cette règle utile du simple récit et du drame, laquelle veut tantôt qu'on souhaite le dénoûment que vous avez en vue, tantôt qu'on le craigne ; qu'on l'entrevoie, qu'on le prévoie avec quelque doute, quelquefois même qu'on en désespère, et ne va presque jamais jusqu'à permettre qu'on le sache d'avance.

Dans cette fable, qui commence par le vers proverbe, *La raison du plus fort est toujours la meilleure*, vous laissez adroitement un demi-voile sur le sort que le loup prépare au pauvre agneau ; vous ne vous êtes pas hâté de dire, dès le début de votre admirable apologue du chêne et du roseau que l'arbre insolent serait déraciné ; vous ne nous avez pas prévenu que maître corbeau serait attrapé par maître renard, que le bon escarbot vengerait trois fois la mort de Jean Lapin son hôte; que le savetier rendrait les cent écus qui lui ôtent le sommeil ; que le pot de la laitière Perrette tomberait, etc.

V. 20. Clotho prenait plaisir à filer cette trame.

Quelques éditions écrivent Clothon. Cette ortographe est-elle celle de La Fontaine? Je l'ignore; mais ce qui est certain, c'est qu'on dit et l'on écrit aujourd'hui Clotho, et avec raison, parce que Κλωθὼ, οῦς n'a pas, en grec, un ν à la fin. Par une raison contraire, il y a un *n* en français à la fin de Télamon, Agamemnon, Zénon, Platon, Xénophon.

V. 21. Ils surent cultiver, sans se voir assistés.

Aujourd'hui ce verbe, au passif et sans régime, *être as-sisté*, signifie le plus souvent recevoir l'aumône, la charité; vraisemblablement cette acception n'était point connue du temps de La Fontaine. Ce n'est que pour nous, et faute de considérer l'acception des mots suivant les époques, que ce terme pourrait former équivoque. Peut-être cette remarque, que semble nécessiter leur état d'indigence, étant propre à causer une méprise sur l'acception qu'on doit donner ici au mot *assistés*, ne sera-t-elle pas inutile aux lecteurs qui connaissent mal notre langue, et ne paraîtra-t-elle pas superflue à ceux qui la connaissent bien.

V. 24. Heureux de ne devoir à pas un domestique
Le plaisir ou le gré des soins qu'ils se rendaient.

Plaisir et *gré* doivent être en effet distingués l'un de l'au-tre; ils ne sont pas synonimes. Le premier marque une satis-faction complète qui provient de la nature des services utiles ou agréables en soi, et des intentions amies de ceux qui les rendent; le second exprime la reconnaissance que mérite, qu'obtient la *bénévolence* du bienfaiteur, quand même son bon procédé ne plairait pas en lui-même. On peut, on doit *savoir gré* à un ami du zèle qui lui fait dire une vérité déplai-sante, témoin l'approbation accordée à Sully, qui a répondu : *Je voudrais être le seul fou en France.* Au fond, et quoi qu'il en coûte à la nature, on doit savoir *gré* aux gens d'une preuve, même malheureuse, de bienveillance réelle; je défie qu'on ne sache pas *gré* de son motif affectueux à ce mauvais raisonneur d'ours, qui, dans notre fabuliste, écrase si mala-droitement une mouche.

Avertissons qu'on ne dit pas *devoir le gré*. Cette locution est insolite; de plus, elle est obscure : on n'entend pas ce que c'est que *devoir le gré*.

V. 27. L'amitié modéra leurs feux, sans les détruire,
Et par des traits d'amour sut encor se produire.

La césure du premier vers ne vaut rien, parce que le sens exige que le mot où elle est, et celui qui le suit, soient prononcés tout de suite et sans pause : une faute contre le goût serait plus grave. Or, les voluptés conjugales des deux sexagénaires, ces feux, cette amitié qui se produit encore par des traits passionnés, cet amour en cheveux blancs, pourraient bien, au lieu d'intéresser, faire rire quelques lecteurs ; mais d'autres, et je suis de ce nombre, goûteront peut-être cette commémoration des dernières jouissances de la vieillesse, la réserve de la touche du peintre, et ce petit tableau consolant pour les anciens ménages.

V. 29. Ils habitaient un bourg plein de gens dont le cœur
Joignait aux duretés un sentiment moqueur.

Si La Fontaine entend par *duretés* un caractère dur, il devait mettre *à la dureté* ; s'il entendait *la dureté des actions*, *les actes de dureté*, il devait écrire soit *à des*, soit *à leurs*, devant *duretés*, ou ajouter à ce dernier mot ceux-ci : *qu'ils se permettaient, auxquelles ils se livraient, qu'ils faisaient, qu'ils disaient* : sans quoi *duretés*, précédé de *cœur*, a toujours quelque ambiguïté. Mais un autre inconvénient, c'est que ces dernières additions sont platement prosaïques, et que d'ailleurs le vers, qui est plein, ne peut admettre aucune sorte d'additions.

V. 32. Il part avec son fils, le dieu de l'éloquence.

Le poëte qui veut ennoblir le personnage de Mercure, désigne ce dieu par le plus noble de ses attributs.

V. 33. Tous deux en pèlerins vont visiter ces lieux.

Pourquoi Rubens, qui d'ailleurs a traité ce sujet avec la gravité convenable, et qui l'a pris au moment du repos, laisse-t-il à Mercure son Pégase ailé ; et à Jupiter sa foudre étincelante ? Il est vrai que ce dernier ne paraît pas peu embarrassé de ces marques trop sensibles de sa qualité, et qu'il

les cache de son mieux sous la table ; on peut dire même, si-
non avec noblesse, du moins avec vérité, qu'il les escamote :
le sublime Rubens sommeille donc aussi quelquefois.

V. 33. .... Un seul ne s'ouvre aux dieux.

Le tour est gothique et baroque : *pas un* est plus correct et
non moins significatif.

V. 38. Mercure frappe, on ouvre : aussi-tôt Philémon
      Vient au-devant des dieux.

Style coupé, narration vive :

      Soyez vif et pressé dans vos narrations.

V. 41. Reposez-vous. Usez du peu que nous avons ;
      L'aide des dieux a fait que nous le conservons ;
      Usez-en : saluez ces pénates d'argile
      Jamais le ciel ne fut aux humains si facile,
      Que quand Jupiter même était de simple bois :
      Depuis qu'on l'a fait d'or, il est sourd à nos voix.

L'excellent vieillard ! comme il est secourable, et qu'il est
pressant ! il n'emploie point de formules banales, de vains
préambules ; il voit des hommes las, et il leur dit : *Reposez-
vous* ; ils doivent avoir faim, et il ajoute : *Usez du peu que
nous avons*, *usez-en*. La cordialité, la bonté, la modestie, le
respect, l'amour, la reconnaissance pour le ciel, ont inspiré
ce petit discours, dont l'effet assuré est de faire aimer tout à
la fois la douce vertu de bienfaisance, et le loyal campagnard,
et son poëte. Combien, en cet endroit si simple en apparence,
La Fontaine a de supériorité sur Ovide, qui a laissé Philémon
muet, qui n'a pas su mettre Jupiter en scène avec son hôte,
inventer cette situation dramatique où le maître des dieux,
en contraste avec un Nestor de village, est témoin de ses effu-
sions, de ses chagrins religieux, entend ses sentences, et reçoit sans être connu un hommage vrai, énoncé naïvement,
et d'autant plus digne de plaire à la divinité.

V. 46. Depuis qu'on l a fait d'or, il est sourd à nos voix.

La Fontaine s'en remet au lecteur du soin de deviner pourquoi Jupiter, depuis qu'il est d'or, ferme l'oreille aux vœux des humains. Est-il besoin de dire que ce Dieu, connaissant tout, n'ignore ni le désir qu'ils ont de l'assimiler à eux, en lui prêtant leur avarice, leur orgueil, leur goût pour le faste, ni la folle espérance qu'ils entretiennent secrètement de l'éblouir, de le séduire, et d'acheter sa connivence pour leurs projets criminels? Peut-être notre poëte, ami des anciens, avait-il lu la belle satire où Perse, après avoir reproché aux hommes les confidences qu'ils adressent aux immortels, fait cette éloquente invective contre le luxe des autels. *In sancto quid facit aurum? Dicite, pontifices. Que fait l'or dans les temples? Répondez, pontifes.*

V. 47. Baucis, ne tardez pas : faites tiédir cette onde.

Pour le coup, c'est le mari qui commande, et qui commande avec l'autorité qui convient. Point de verbiage, de familiarité, de tutoiement, réservé pour des occasions moins importantes. Il s'agit d'une bonne œuvre, affaire toujours grave et sérieuse pour un bon cœur, *ne tardez pas.* Franchement, cet avis est plus aisé à donner qu'à suivre à l'âge où ils sont. Il y a dans ce langage et ce ton une teinte légère, à peine sensible, d'un comique plein de grâce, et qui fait sourire doucement : ce sont les mœurs anciennes, lorsque l'homme gardait son rang et que la femme ne sortait pas de sa place.

Ovide conte toujours; il dit très-bien ce que font ses acteurs, et il ne leur fait rien dire.

V. 48. Encor que le pouvoir au désir ne réponde.

Encore que vieillissait dès lors. *Au désir ne réponde*, au lieu de : *ne réponde pas*, est aujourd'hui incorrect. Cette locution et ce tour sont empruntés du siècle de Marot : tant mieux. Ce ne sont pas là des fautes, ce sont des beautés; c'est

3

la convenance bien observée dans le langage d'un vieil homme des champs qui parle comme ses aïeux.

> V. 50. Quelques restes de feu sous la cendre épandus,
>   D'un souffle haletant, par Baucis s'allumèrent.

Épandre diffère de *répandre*, et signifie, je crois, l'action de verser au loin, au large, continuement, sur une surface étendue, des liquides ou autres matières analogues, et de les verser avec intention, à dessein : Boileau l'emploie dans ce sens.

> Ces coteaux
> Où Polycrène ÉPAND ses libérales eaux.

La Fontaine lui-même dit figurément ailleurs :

> Je ne sais d'homme nécessaire
> Que celui dont le luxe ÉPAND beaucoup de bien.

Épandus ne peut pas se dire des charbons qui couvent sous la cendre ; il n'y a pas là d'effusion qui ait été continue, et qui ait eu lieu dans un espace considérable ; il n'existe aucune analogie entre des liquides qui s'étendent sans se partager, et des restes de feu qui se trouvent dispersés çà et là, au hasard, soit qu'ils se soient conservés d'eux-mêmes, soit qu'ils aient été couverts exprès de cendre : le mot propre est *épars*. Au reste, *épandre*, banni depuis long-temps de la prose on ne sait pourquoi, aurait peut-être disparu aussi des vers, dans lesquels on avait cessé de l'admettre, sans Voltaire et quelques autres, qui, à son imitation, l'ont conservé à notre poésie.

> D'un souffle haletant par Baucis s'allumèrent.

Voici une critique spécieuse :

S'allumer, c'est prendre feu par soi-même. Rien de plus commun que la manière de parler suivante : *On ne sait comment le feu s'est allumé.* Lorsqu'il y a eu action de quelqu'un, on dit : *Le bois, le fagot, le feu a été allumé par tel ; ces*

restes de feu furent allumés par Baucis, et non : *S'allumè-*
rent par Baucis : il y a donc ici contradiction dans les termes
et solécisme.

Voici la réponse :

La grammaire peut être tentée de condamner cette phrase ;
la poésie doit l'aimer. Après des efforts aussi pénibles que
vains, et quand Baucis, hors d'haleine, épuisée, rebutée,
était près de renoncer à l'entreprise, tout à coup l'entreprise
réussit, la flamme brilla, pour ainsi dire, spontanément; les
charbons s'allumèrent.

Quoi qu'il en soit, le vers, jusqu'à ce dernier mot, marque
la lenteur de l'opération ; l'hiatus *souffle-ha* montre et fait
sentir la peine de la vieille. Encore une fois *s'allumèrent*,
qui s'offre le dernier, peint la subite apparition et l'éclat de
la flamme : que l'on détruise l'inversion, il n'y a plus d'image.
La Fontaine possédait son Malherbe, qui, *d'un mot mis en sa*
place enseigna le pouvoir.

V. 52. Des branches de bois sec aussitôt s'enflammèrent.

Rime riche, monosyllabe heureusement placé à la fin du
premier hémistiche, et qui, par la qualité qu'il exprime et le
peu de temps que l'on est à le prononcer, aide à bien représenter l'effet rapide du feu rallumé. Point de particules con-
jonctives : les narrations vives les évitent ou plutôt les épar-
gnent.

V. 53. L'onde tiède, on lava, etc.

Après *l'onde*, *étant* est sous-entendu. « La suppression de
» ce participe, dit D'Olivet (Remarques sur Racine), est
» quelquefois permise. » Elle l'est souvent dans la prose; en
poésie, ce participe lourd, traînant, et sans harmonie, est
supprimé de droit.

On lava les pieds des voyageurs.

Des est évidemment pour *aux*. Le changement, celui du

datif en génitif garantit, ce semble, d'un tour prosaïque.

V. 53. Philémon les pria d'excuser ces longueurs.

On ne voit pas ce dernier mot paraître souvent dans nos écrivains actuels. Eh! pourquoi le proscriraient-ils? Il est expressif et sonore; il dit autre chose que *lenteurs*, qui, à l'idée de délai, joint celle d'un défaut personnel d'activité, ou même celle d'une mauvaise intention; il est, sans comparaison, plus propre au récit que le synonyme *retardement*. Il est employé par des auteurs dont on ne conteste pas l'autorité. *Épargnez-moi des longueurs qui me font mourir mille fois pour une.* (Fontenelle, etc.) Il a la sanction de l'académie, dont voici l'exemple dans son dictionnaire : *Je suis ennuyé de ces longueurs.*

V. 55. Et pour tromper l'ennui d'une attente importune,
    Il entretint les dieux, non pas sur la fortune,
    Sur ses jeux, sur la pompe et la grandeur des rois,
    Mais sur ce que les champs, les vergers et les bois
    Ont de plus innocent, de plus doux, de plus rare.

Quels vers délicieux! qu'ils sont bien appropriés au caractère et à l'état de celui qui fait tous les frais de cet entretien! que ce laboureur, pour qui la pompe des rois n'est rien et les productions de la terre sont tout, est un bon philosophe! quelle impression touchante il laisse dans l'âme des lecteurs sensibles, singulièrement de ceux que le sort condamne à toujours habiter les villes! comme cette mention fugitive de ce que les champs ont de plus innocent et de plus doux flatte agréablement notre goût et nos regrets pour l'antique et premier séjour des hommes!

Il faut admirer jusqu'au grand savoir de Philémon; il connaît encore ce qu'il y a de plus rare dans les prés, les jardins et les forêts.

On se sent fâché en lisant dans Ovide l'endroit auquel celui-ci répond, après avoir eu l'idée de ces deux vers :

Interea medias fallunt sermonibus horas,
Sentirique moram prohibent.

Cependant ils s'efforcent par leurs discours de tromper l'ennui de leurs hôtes, jusqu'au moment du repas, et ne leur permettent pas de sentir qu'ils attendent.

Le poëte s'arrête tout court; il ne profite pas de l'occasion pour désigner l'objet et la nature de ce que disent ces causeurs intéressans. Il est à remarquer qu'Ovide, dont les trois quarts des ouvrages ont trait à la campagne, la célèbre presque sans émotion, et la peint rarement avec amour.

V. 60. Cependant par Baucis le festin se prépare.

Le festin, emphase gaie, et que le goût approuve.

V. 61. La table où l'on servit le champêtre repas.

L'on servit, comme s'il y avait là bien des personnes pour servir; badinage aimable. *Ils sont eux seuls tout leur monde. Tota domus duo sunt.*

V. 62. D'ais non façonnés à l'aide du compas.

Les deux monosyllabes qui commencent ce vers, s'unissent nécessairement et se confondent dans la prononciation, d'où il résulte que ces deux sons ne forment qu'une cacophonie insignifiante, et que, pour comprendre le sens de l'hémistiche, il faut que l'auditeur recoure au livre : ajoutez que *fut d'ais* pour *fut jadis composée avec des ais*, est une ellipse trop forte, et qui nuit à la clarté.

V. 65. Baucis en égala les appuis chancelans
Du débris d'un vieux vase, autre injure des ans.

Quel est le pouvoir du talent poétique! En vérité, on est touché du sort de ce vieux vase.

V. 67. Un tapis tout usé couvrit deux escabelles:
Il ne servait pourtant qu'aux fêtes solennelles.

Le trait vient d'Ovide.

Vestibus hunc velant, quas non nisi tempore festo
Sternere consuerant.

  « Ils le revêtent d'un tapis que l'on ne déploie que les
» jours de fêtes. »

Le poëte latin ajoute :

      Sed et hæc vilisque vetusque
    Vestis erat, lecto non indignanda saligno.
  « Mais le tapis, vieux, commun, n'est point indigne du
    bois de saule. »

Cette plaisanterie, qui vient après coup, qui détache le
mauvais tapis du fond de la peinture, et l'isole pour le mettre
en évidence, est froide, trop dure, trop prononcée, surtout
dans le mot *vilis*, vil, de bas prix, et *non indignanda*, littéralement, *couverture qui ne devait pas être dédaignée d'un
lit de bois de saule.* Une telle facétie est du vrai burlesque,
et ne peut que jeter du ridicule sur le zèle de nos pauvres
gens, qui veulent faire de l'extraordinaire. Il ne fallait qu'un
mot en passant, une seule épithète, enchâssée dans le corps
du vers, à côté de *vestibus*, *tapis.* C'est ce qu'a senti La Fontaine.

  V. 69. Le linge, orné de fleurs, fut couvert pour tous mets,
       D'un peu de lait, de fruits et des dons de Cérès.

Du lait, quelques fruits et du pain !... Il est certain que le
peu qu'ils possèdent et leur empressement à l'offrir, augmentent le prix de l'offrande. S'ils *avaient* beaucoup, ils auraient
moins de mérite à donner ; mais, d'un autre côté, la médio-
crité de ce *festin* laisse à la critique de quoi s'exercer. Ce
n'est pas la pauvreté que nous voyons là, c'est la misère ; or,
l'une attendrit, l'autre afflige. Enfin, on ne peut guère s'empêcher de se dire que le poëte fait faire trop peu de frais à ses
campagnards, qu'il ne leur permet pas d'user de toutes leurs
ressources, qu'il pouvait, sans inconvénient, placer quelques
provisions de plus dans leur armoire, et de là sur leur table.
Est-ce que leur *enclos* et leur *champ*, cultivés par eux depuis

quarante ans, est-ce que la campagne d'alentour et les bois ouverts à tout le monde ne mettaient pas sous leurs yeux, dans leurs mains, des végétaux aussi nourrissans que variés? Est-ce que le lait ne leur fournissait pas du beurre? Est-ce que dans l'état où l'on vient de nous les représenter ils en sont au point de ne pouvoir fêter autrement les dieux et le lecteur. La Fontaine est peut-être trop parcimonieux. Ovide à son tour est certainement trop prodigue : il profite, avec une grande complaisance, de l'avantage que l'occasion lui présente de faire briller son imagination poétique, ainsi que son érudition champêtre ; et sa muse splendide et distraite ne voit pas qu'elle prête une sorte de luxe à l'indigence. D'abord il sert des olives, les unes vertes, les autres noires, des cornouilles déposées, en automne, dans de la lie de vin, de la chicorée, des raves, du fromage, des œufs durs, puis le potage ; ensuite, pour le dessert, des noix, des figues sauvages mêlées avec des dattes. Après quoi il remplit les corbeilles de pommes nouvelles ; il étale des grappes de raisin fraîchement cueillies, et couronne le tout par un rayon de miel appétissant. Un riche, pris sur le temps, s'honorerait d'avoir pu donner un régal si abondant et si savoureux. Toute convenance est oubliée. La Fontaine vaut mieux. Mais cette faute grave de l'auteur latin est, en quelque sorte, rachetée par le soin qu'il a eu, et que son imitateur a négligé mal à propos, de peindre l'air content, joyeux, radieux des deux époux, leur activité, leur loyauté, leur bon vouloir. En effet, il ne fallait pas omettre ce trait saillant du tableau, cet heureux assaisonnement du repas.

V. 71. Altérés de leur course.

La préposition *de* est mise ici au lieu de *par*. Cette façon de parler s'emploie aujourd'hui moins souvent qu'autrefois. « Il y a des endroits, dit d'Olivet, où elle paraît, actuelle- » ment du moins, avoir quelque chose de sauvage. » On peut dire que cet hémistiche est un de ces endroits. Ensuite *de* forme une espèce d'équivoque, parce que ce n'est qu'au figuré qu'*altéré* le prend au régime : *altéré de sang et de carnage*. La force du sens marque qu'*altéré* n'est point ici pris au figuré. Mais d'après l'usage, on est un moment induit à croire qu'il doit être entendu ainsi. On est obligé d'y penser.

V. 73. Plus le vase versait, moins il s'allait vidant.

On se sert bien en vers et en prose du verbe *aller* avec un participe actif, lorsqu'il y a un mouvement visible, surtout s'il est lent et progressif. Conformément à ce principe, on emploira très-bien cette façon de parler, pour peindre un ruisseau qui serpente, un nuage qui se dissipe, la mer qui croît ou décroît, l'eau qui se filtre à travers le sable, la coupe ou le vase qui se vide, etc.

V. 77. Jupiter leur parut avec ces noirs sourcils,
Qui font trembler les cieux sur leurs pôles assis.

Imitation des traits principaux de l'admirable endroit de l'Iliade, qui fit naître à Phidias l'idée de son Jupiter Olympien, l'une des sept merveilles du monde.

« Ἦ καὶ κυανέῃσιν ἐπ' ὀφρύσι νεῦσε Κρονίων,
» Ἀμβρόσιαι δ' ἄρα χαῖται ἐπερρώσαντο ἄνακτος
» Κρατὸς ἀπ' ἀθανάτοιο· μέγαν δ' ἐλέλιξεν ὄλυμπον. »

« Il dit, il fit un signe de ses noirs sourcils, et la chevelure
» du monarque divin s'agita du haut de sa tête immortelle,
» et il ébranla le vaste Olympe. »

Quelques lecteurs nous excuseront de rappeler ici une anecdote relative à Phidias et citée par Strabon (8, p. 542, a.).

Panænus (ou Pandænus, selon d'autres), demandait à Phidias quel modèle il prendrait pour représenter Jupiter. — Le portrait qu'en fait Homère dans les vers précités ; *il dit*, etc.

Belle image sans doute ! en effet, surtout par ce mouvement des sourcils, le poëte avertit qu'il va offrir à notre imagination une grande idée, celle de la puissance de Jupiter : comme il a fait pour le portrait de Junon, sans oublier en même temps les convenances: car il dit, *elle s'agita sur son trône, et ébranla le vaste Olympe* (Il. VIII, 199). *Ainsi ce qui lui arriva en agitant tout le corps, Jupiter le fit par le seul mouvement des sourcils, lequel entraîna celui de la chevelure. Aussi a-t-on dit ingénieusement de Phidias, qu'il était le seul qui eût vu, ou le seul qui eût indiqué les portraits des dieux* (τὰς τῶν θεῶν εἰκόνας.). Notons en passant cet εἰκόνας. On le traduit à tout moment par *statue;* mais évidemment ici, il se dit de figures ressemblantes (rac. εἴκω), et non idéales : puis renvoyons sur ce point de critique, à notre *philologue*, tom. II, p. 78, où je corrige et propose de lire : « Phidias représentait les dieux tels qu'ils étaient, faisait des εἰκόνας, tandis que les autres sculpteurs dont les yeux étaient trop faibles pour contempler les dieux face à face, ne produisaient que des ἀγάλματα, des figures idéales », et revenons à notre La Fontaine.

Notre fabuliste se place ici infiniment au-dessus d'Ovide. Il a pris, lorsqu'il l'a fallu, sans effort et sans disparate, le ton de l'Épopée. Mais c'est à Homère, dont il est le copiste inférieur, qu'il doit cette magnifique image. Les anciens ont dit : « Homère seul a vu les dieux, et les a fait voir. » Νόος ἐς θεούς ἀερθείς. Anacr. od. 49.

V. 83. C'est le cœur qui fait tout.

Cette sentence est dans la bouche de tout le monde. Elle peut être regardée comme un proverbe de sentiment. La Fontaine l'a trouvée dans son âme simple et bonne.

> Que la terre et que l'onde
> Apprêtent un repas pour les maîtres du monde.

Le mouvement, l'harmonie, l'expression, répondent à la grandeur de la pensée.

V. 85. Ils lui préféreront les seuls présens du cœur.

Deux fois *cœur* dans l'espace de deux vers.

Ah! c'est du cœur lui-même que part cette répétition touchante. Les hommes sensibles insistent sur ce qui les affecte, et reviennent sur ce qui les a affectés. Ils sont *rediseurs*, pour me servir d'un terme de madame de Sévigné, qu'elle a bien eu le droit d'inventer.

V. 87. Dans le verger courait une perdrix privée,
Et par de tendres soins dès l'enfance élevée.

Courait fait image. Ovide, au lieu de peindre, dit : *erat*, *il y avait*.

Et par de tendres soins dès l'enfance élevée.

On ne s'exprimerait pas autrement, s'il s'agissait d'un enfant adoptif. C'est là un des moyens qu'emploient les poëtes, pour nous intéresser en faveur des bêtes. Les termes dont ils se servent alors ne conviennent à la rigueur qu'aux hommes. S'il est question d'animaux domestiques, qui sont, pour ainsi dire, membres de nos familles, l'usage des poëtes acquiert plus de convenance encore. Ainsi les expressions de La Fontaine ont autant de justesse que de grâce. Ovide ne laisse pas de l'emporter, dans un point particulier. Ce n'est pas un oiseau dont on s'amuse, dont tout le mérite est d'être vif, durant sa vie, et bon, après sa mort, pour les gourmands. Ce n'est pas un oiseau à peu près sans conséquence, que le poëte latin offre à notre commisération. C'est une oie (et il remarque expressément qu'elle est unique dans la maison,) animal utile, sentinelle vigilante, fidèle et dont l'espèce a bien mérité des Romains. Voilà ce que les époux destinent, sans balancer, à leurs hôtes.

V. 90. La volatile échappe à sa tremblante main.

La moitié de ce vers pittoresque a des ailes. Le second hémistiche tremble et se traîne.

V. 91. Entre les pieds des dieux elle cherche un asile.

Tableau manqué par Ovide, à qui le fond en appartient.

L'oie, dit le latin, *parut se réfugier auprès des dieux. Visus confugisse ad Deos*. Combien ce seul mot *visus*, parut, ôte d'intérêt à l'action de l'animal en danger! Rien que de vague et d'équivoque dans son intention. Au lieu que l'oiseau de La Fontaine, guidé sûrement par l'instinct, ou même inspiré tout à coup, suivant les priviléges du merveilleux poétique, par la bienfaisante et universelle providence, découvre d'abord le seul moyen de salut et va droit aux immortels.

V. 92. Ce recours à l'oiseau ne fut pas inutile.

Recours ne se dit plus guère seul et sans pronom possessif. Nouvelle perte de notre langue.

V. 93. Jupiter intercède.

Quels extrêmes! Jupiter et un oiseau. *Sa bonté s'étend sur toute la nature*.

La Fontaine ne le fait point user de sa toute-puissance. Quoique reconnu, il daigne, pour se rapprocher davantage des excellens mortels, chez qui il est, descendre à la prière.

Ce n'est pas une petite faute contre la convenance de la part d'Ovide, que d'avoir mis ici Mercure sur la même ligne que le dieu dont il est le messager, et de lui avoir fait partager, comme égal, l'honneur de ce moment.

Je n'aime pas non plus, dans Ovide, que tous deux, préoccupés de leur rang divin, parlent, en cette occasion, avec une impérieuse autorité : *vetuére, ils défendirent*.

V. 93. Et déjà les vallons.

Et est une particule conjonctive. Ce serait au contraire une particule disjonctive, comme *mais*, ou un adverbe, tel que *cependant* qu'il faudrait en cet endroit, où commence le récit des circonstances nouvelles. L'*et* français et l'*et* latin ne signifie pas la même chose que l'*at* ou l'*ast* des latins.

V. 94. Voyaient l'ombre en croissant tomber du haut des monts.

Vers évidemment imité de celui ci de Virgile :

Majoresque cadunt altis de montibus umbræ.

V. 95. Les dieux sortent enfin et font sortir leurs hôtes.
De ce bourg, dit Jupin, je veux punir les fautes.

Mêmes mots, mêmes rimes absolument que ci—dessus. Négligence.

V. 97. Toi, Mercure, appelle les vapeurs.

La poésie est en possession de personnifier tous les êtres inanimés. Ici on appelle les *vapeurs* ; elles entendent. *Vapeurs* est pris pour *nuages* ; la cause pour l'effet, figure à laquelle on a donné le nom de Métonymie. Aujourd'hui *vapeurs*, seul et sans addition, ne se prendrait point dans ce sens. Il ne désigne alors et n'exprime que la fumée qui s'exhale des choses humides, ou bien une maladie de nerfs.

V. 98. O gens durs! vous n'ouvrez vos logis, ni vos cœurs.

Il y a ici une faute ; mais elle est autorisée. Voici la règle. Quand *ni* modifie les verbes, on ne le met qu'une fois : *il ne mange ni ne dort :* mais quand il affecte les noms, on doit le redoubler : *Ni l'or ni la grandeur.* Il faudrait donc: *ni vos logis ni vos cœurs.* La prose n'admet point d'exceptions à cette loi. Mais quelques grammairiens, frappés de l'extrême difficulté de faire des vers français, accordent aux versificateurs la liberté de retrancher le premier *ni*, quand il les incommode.

Ainsi ils ne reprennent pas ce vers de J.-B. Rousseau :

N'épargnons contre lui mensonge ni parjure.

Ils ne blâment point celui—ci de Voltaire, dans Rome sauvée :

Je ne veux l'un ni l'autre,

ni par conséquent le vers de La Fontaine :

V. 99. Il dit, et les autans troublent déjà la plaine.

Troublent me paraît faible. Les vents rassemblés, avoués

par le maître du ciel, doivent se livrer d'abord à toute leur
fureur. Voyez-les dans Virgile, servant la cause de Junon,
puissance moindre sans doute :

> *Quà data porta ruunt, et terras turbine perflant;*
> *Incubuère mari.*
>
>> Leur prison s'ouvre, il s'élancent, leur souffle, leurs
>> tourbillons agitent la terre avec violence. Ils sont étendus
>> sur la mer.

Et qu'on ne dise pas que *perflant* ne signifie rien de plus
que *flant*. *Per* dans ce verbe composé est augmentatif. L'im-
pétuosité des vents est bien marquée d'ailleurs par la rapidité
de ces dactyles *quà data porta ruunt*, et par l'énergie de ces
mots *turbine*, *ouragan*, et *terras*, *les terres*, au pluriel.

Ovide lui-même est plus fort et plus vif. Chez lui, Philémon et Baucis, à peine arrivés au sommet, tournent les yeux
sur la plaine; tout est submergé.

V. 100. Nos deux époux suivaient, ne marchant qu'avec peine.

Il n'y a qu'un *E* muet dans le cours de ce vers, composé
exprès de consonnes lourdes.

V. 102. Moitié secours des dieux, moitié peur se hâtans.

Les syllabes dans celui-ci ne sont pas moins pesantes. La
marche est coupée. Cet hiatus *se hâ* arrête la voix. Les deux
longues et la nasale de ce participe *hâtans* qui a tant de peine
à atteindre à la fin du vers, peignent parfaitement l'effort des
débiles marcheurs, et la lenteur de leur diligence.

V. 103. Sur un mont assez proche enfin ils arrivèrent.

Enfin est bien là. *Enfin ils* est encore un hiatus. *Arrivèrent*
fait image et termine à propos la narration. Ce n'est qu'au
bout de ce mot qu'il est permis au lecteur de reprendre haleine.

V. 105. Des ministres du dieu les escadrons flottans.

Il y a beaucoup d'obscurité et non moins de mauvais goût dans ce vers. On se demande ce que l'on doit entendre par *les ministres du dieu*. Il faut du temps pour se répondre que cette périphrase signifie les autans qui ont été appelés. Seconde question de même nature sur cette seconde circonlocution : *les escadrons flottans* : termes si peu intelligibles que, dans les dernières éditions de La Fontaine, on s'est cru obligé de placer en bas cette note formelle : *torrens causés par l'orage.* Tel est le sens d'*escadrons flottans.* Mais si l'esprit conçoit, avec le secours du commentaire, cette figure peu commune, le jugement peut-il la ratifier? Y a-t-il beaucoup d'analogie entre des courans d'eau et des troupes de cavalerie? N'y a-t-il pas au contraire autant de recherche que d'incohérence dans l'association de *flottans* et d'*escadrons?* n'est-ce pas là une vraie énigme, ainsi que du vrai Phébus, et La Fontaine qui avait lu avec attention tous nos vieux poëtes, ne s'est-il pas trop ressouvenu ici de la manière de Ronsard et de Dubartas?

V. 108. Sans vestige du bourg, tout disparut sur l'heure.

L'ordre naturel des idées est interverti dans ce vers par l'abus de l'inversion. Ce qui doit, avant tout, frapper les yeux des spectateurs de cette scène et l'imagination des lecteurs, c'est *tout disparut. Sans vestige du bourg*, qui est la suite et la conséquence de cette vaste et totale désolation, ne doit pas être énoncé à la tête du récit. Ovide n'a point transposé les objets.

> *Mersa palude*
> *Cœtera prospiciunt, tantum sua tecta manere.*
>> Ils voient les eaux d'un lac couvrant au loin la plaine, leur maison seule est debout.

V. 109. Les vieillards déploraient ces sévères destins.

Si, dans ce vers, le sentiment est doux, l'expression ne l'est pas. Elle est dure et sifflante..... *les.... dé.... raient.... ces.... sé.... ver....* quatre *E* ouverts, deux *E* fermés.

V. 110. Les animaux périr! Car encor les humains,
Tous avaient dû tomber sous les célestes armes.
Baucis en répandit en secret quelques larmes.

Peut-être un philanthrope difficile aurait-il été en droit de
dire au fabuliste : « Quoi, c'est vous, La Fontaine, qui
» vous contentez de mettre dans le cœur de ces honnêtes
» gens, une pitié vague, générale, stérile pour leurs pareils,
» et qui les attendrissez ensuite exclusivement sur le mal-
» heur des animaux! Donnez, vous le pouvez sans doute, de
» l'affection, de la tendresse même et jusqu'à du faible pour
» eux à Baucis, en faveur de son sexe, de son âge et de ses
» habitudes. Plaignez avec elle le chien, la colombe, les pi-
» geons amoureux, les innocentes brebis, dont l'aimable na-
» turel est l'image du vôtre, à la bonne heure. Mais et les
» hommes! et les hommes! que vous êtes prompts, vous et
» vos deux personnages à être consolés de leur perte, à oublier
» leur fin déplorable, à démentir vos faibles condoléances.
» Tous, répondez-vous, ont mérité de tomber sous les ar-
» mes célestes. Hélas! oui, mais la mort du coupable est le
» terme où l'indignation expire dans les âmes sensibles, où elles
» se surprennent, en s'approuvant elles-mêmes, à le plaindre
» douloureusement, où l'humanité, prenant le dessus, tâche
» de plaider pour lui, où vous deviez peut-être vous rappeler
» ces touchans adages de vos amis, les anciens : *le malheureux*
» *est chose sacrée. Rien de ce qui appartient à l'homme ne*
» *m'est étranger.*
» Au lieu de ces larmes furtives que Baucis donne par pré-
» férence, à la mort des bêtes, que n'en verse-t-elle ouver-
» tement et sans les épargner, sur ses semblables? Que ne
» tombe-t-elle avec son mari, aux pieds du dieu, de tout
» temps appelé *très-bon?* Que ne crient-ils ensemble, grâce,
» grâce pour nos compatriotes, nos voisins, nos parens? que
» ne répètent-ils, au moins équivalement, ce que vous avez
» si bien dit ailleurs : *tout père frappe à côté?* Vous les au-

» riez rendus, j'ose le croire, plus respectables aux yeux des
» lecteurs, plus chers aux deux divinités, et plus dignes du
» sacerdoce que tout à l'heure ils vont oser demander d'eux-
» mêmes. »

Un littérateur de son côté blâmera les consonances *en, pan,
en*, qui se suivent dans le troisième vers.

V. 114. *Changent leur frêle enduit aux marbres les plus durs.*

On ne dit point *changer une chose à une autre*, mais *en une
autre*. Cette préposition *en* ne se place pas devant les articles
le ou *la*, si ce n'est devant quelques noms dont l'article
s'élide, *en l'honneur* (D'Olivet, Remarques sur Racine,
art. 33). Ici donc il faudrait se passer de l'article, et mettre :
en marbres.

Je regrette que ce régime *à*, vicieux, j'en conviens, mais
consacré par les poëtes et les prosateurs du siècle dernier, entre autres par Corneille, Molière, La Fontaine, Nicole, d'A-
blancourt, etc., soit si suranné aujourd'hui, et que l'usage,
ce despote quelquefois indulgent par caprice, ne l'ait pas
conservé, au moins pour la commodité de notre versification
que l'on a, comme à plaisir, chargée d'entraves, en voulant
qu'elle ait un air libre.

V. 117.　　　　　　　*Tout brille en ce pourpris.*

Pourpris synonyme d'*enceinte*. Il est vieux, hors d'usage,
et pourquoi ? par quelle bizarrerie ? n'est-il pas noble, harmonieux, poétique ? Honneur à Gresset qui s'est efforcé de le
remettre en crédit, et qui est, je crois, le dernier qui l'ait
employé. Après la revue des sots et des fous de toute espèce,
qui abondent dans la société, il se félicite ainsi d'habiter sa
chartreuse :

> Jugez si toute solitude
> Qui nous sauve de leurs vains bruits,
> N'est pas l'asile et le pourpris
> De l'entière béatitude.

V. 121.   Surpris, étonnés.

Comme il n'y a pas de vrais synonymes en français, que la *surprise* est plus dans l'esprit et suppose une sorte de merveilleux, que l'*étonnement* est plus dans les sens, et a principalement pour causes des choses blâmables, ou que l'on serait tenté de blâmer, je ne donnerai pas à ces deux participes le nom de pléonasmes.

V. 122.   En l'Olympe.

En devant un nom de lieu, dit plus que *dans. En l'Olympe*, c'est dans l'intérieur, bien avant dans l'Olympe. Approfondissez le sens de l'expression proverbiale *en Paradis. En* est correct devant un mot dont l'article s'élide. (Voyez là-dessus la note du vers 113, sur: *changent leurs frêles enduits*, etc.)

V. 123. Vous comblez, dirent-ils, vos moindres créatures.

Vous comblez, ellipse; sous-entendu *de biens, de bontés, de marques de bienveillance*, etc. On voit que ce verbe, sans régime composé, a été employé dans le style sérieux. Il y a une quarantaine d'années que cet usage a commencé à devenir rare. Les petits-maîtres ne laissèrent pas pourtant de conserver ce mot elliptique, mais ils lui firent signifier *ravir*, *enchanter*, *transporter de joie*, *de plaisir*, et long-temps il a figuré ainsi modifié dans leurs hyperboles, et dans ce qu'ils appelaient *le persiflage*. Lorsqu'il n'a plus été question ni d'eux, ni de leur ridicule jargon, on n'a plus fait usage de *combler* seul, soit dans la première acception, soit dans la seconde; et cette ellipse utile, au moins dans le style grave et noble, est aujourd'hui tout-à-fait perdue pour la langue. Au reste cette locution se retrouvera dans les livres. Le sens qu'elle a dans le fabuliste, la fera regretter. On verra, dans Gresset, celui que, de son temps, une mode impertinente y avait attaché :

> Ma foi, si vous voulez
> Que je vous parle aussi très-vrai, vous me comblez.

V. 124. Aurions-nous bien le cœur et les mains assez pures
Pour présider ici sur les honneurs divins.

Aurions-nous bien, *etc.* ne convient pas ici. On ne l'emploie que pour exprimer le reproche ou la défiance avec d'autant plus de force que l'on affecte le doute. Ruben dit à ses frères, dans le père Berruyer : « Auriez-vous bien le cœur » assez dénaturé pour tuer Joseph? » L'auteur du Dictionnaire critique de la langue française cite l'exemple suivant : « Auriez-vous bien la hardiesse de soutenir cela?

Le poëte veut dire : Serions-nous assez heureux pour, etc.; mais la manière dont il construit les premiers mots de son vers, annonce autre chose, et jure avec le reste. *Pour présider sur.* Solécisme. Ce verbe est ordinairement neutre, et régit *A. Présider à une assemblée.* Quelquefois il est actif. *Présider la compagnie.* Quelquefois aussi il est sans régime. *Il veut présider.* Jamais il ne régit *sur.*

V. 126. Et prêtres, vous offrir les vœux des pèlerins.

Et prêtres. Étant est sous-entendu. « On permet quelquefois, dit d'Olivet, la suppression d'*étant.* » Ne peut-on pas ajouter que, par cette ellipse, la phrase acquiert ici plus de concision que de grâce?

V. 127. Jupiter exauça leur prière innocente.

Il y a de l'indulgence dans cette épithète. Assurément leur demande ne me paraît pas criminelle; mais au fond elle n'est pas modeste, encore moins humble. Il ne suffit donc pas à ces deux vieillards vertueux, religieux, il est vrai, mais simples, dénués d'instruction et de qualités imposantes, de voir leur cabane remplacée par un temple magnifique? Ils veulent de plus qu'on les élève à la dignité sacerdotale. Encore si quelque mot de la part de Jupiter les eût enhardis à souhaiter une nouvelle grâce et qu'il se fût engagé par une promesse formelle à l'accorder, ils seraient mieux venus à hasarder cette prière, non pas sur-le-champ, mais après quelques momens

de délibération. Voilà précisément les précautions que prend
Ovide, pour faire passer ce souhait ambitieux, et elles sont
assez satisfaisantes. Son Philémon et sa Baucis se consultent
sur ce qu'ils ont à demander. Des fonctions de prêtres, ils ne
veulent guère que celle de gardiens du temple : *delubra tueri*.
Ils ne parlent point de *présider*.

> V. 128. Hélas! dit Philémon, si votre main puissante
> Voulait favoriser jusqu'au bout deux mortels ;
> Ensemble nous mourrions en servant vos autels !
> Je ne pleurerais point celle-ci ; ni ses yeux
> Ne troubleraient non plus de leurs larmes ces lieux.

Si votre main puissante, etc.

Main va mal avec *favoriser*, et avec le genre de *faveur*
qu'ils sollicitent de Jupiter, celle de mourir ensemble. Ce
bienfait est, si je puis parler ainsi, de la compétence, non de
sa main, mais de sa bonté. Trop souvent ce mot de *main* est
mis pour un autre chez les poëtes. Trop souvent ce synonyme
banal sert la mesure ou la rime aux dépens de la justesse.

Voulait favoriser jusqu'au bout deux mortels.

Jusqu'au bout est une expression adverbiale. Or la règle et
l'usage défendent de placer le verbe dans le premier hémistiche, et l'adverbe dans le second, parce que le mot qui modifie le verbe, doit y tenir immédiatement, pour en présenter, sans retard, la signification complète. Le verbe isolé,
porte à croire que le sens en est absolument achevé. L'adverbe,
qui arrive après la pause du premier hémistiche, offre une
suite inattendue, qui embarrasse et déconcerte l'esprit. On
pourrait bien dire, sans inconvénient, *voulait jusques au bout*
favoriser, parce que la modification du verbe ne fait qu'annoncer, appeler le verbe même, et qu'évidemment le sens
total n'est que commencé et suspendu, pour être terminé par
le verbe dans l'hémistiche qui suit.

Ensemble nous mourrions en servant vos autels.

En... sem... en... vant... dans le même vers.

Je ne pleurerais point celle-ci.

N'avait-il rien à dire de plus doux, de plus senti? *Celle-ci*, expression familière, qui s'accorde mal avec ses sentimens réels. Ce mot semble méprisant, et même un peu burlesque.

Ni ses yeux
Ne troubleraient non plus de leurs larmes ces lieux.

Ne est ordinairement joint à *pas* ou *point*. Il *ne* veut *pas* ou *point* venir. Mais quand *ne* est joint à *ni*, on retranche *pas* ou *point*. Je ne l'aime *ni* ne l'estime. *Ni* l'or *ni* la grandeur *ne* nous rendent heureux. *Ni* ses yeux *ne* troubleraient ces lieux.

Malgré cet usage, quelques personnes pensent qu'il faudrait ici, pour parler régulièrement, *pas* après *troubleraient* et devant *non plus*. Pour moi il me semble que si l'on conserve *ni* et *ne* et *non plus*, et que l'on ajoute *pas*, il y aura, pour ainsi dire, pléonasme de négatives. Cette phrase (surtout en prose) serait plus exacte, ainsi énoncée : *et ses yeux ne troubleraient pas non plus de leurs larmes ces lieux.*

Une autre remarque, c'est que dans ce vers: *ne troubleraient non plus de leurs larmes ces lieux*, le régime simple *ces lieux* est trop éloigné du verbe *troubleraient* qui le régit, et que *de leurs larmes*, régime composé du même verbe, en est trop près. Cette inversion est baroque. Cette construction est pénible. Ce second hémistiche choque l'oreille.

V. 139. La troupe, à l'entour d'eux debout, prêtait l'oreille.

Je crois ce vers mal ponctué, et que pour conserver, à la fin du premier hémistiche, le repos exigé, il faut après *d'eux*, mettre une virgule, et s'arrêter là dans la prononciation. Je supprimerais de plus la virgule après *debout*. Alors ce mot appartiendrait au second hémistiche, et l'image qu'il exprime serait mieux marquée. Rien n'empêche de croire que telle a été la ponctuation voulue par La Fontaine.

A l'entour d'eux est un solécisme aujourd'hui. Dans le siècle passé, *alentour* était préposition tant en prose qu'en vers. Cette faute ou cet usage est commun à tous les auteurs du temps. Les premières éditions des satires de Boileau lui-même portent :

A l'entour d'un castor j'en ai lu la préface.

Il mit dans les suivantes : *autour d'un caudebec*, *etc.* Alentour n'est plus depuis long-temps qu'un adverbe, sans régime.

V. 140.   Plein de merveille.

Le pluriel paraît nécessaire avec *plein*. On le mettrait en prose ; mais on peut justifier le singulier, surtout dans un vers. Accordons de bonne grâce quelque liberté à nos versificateurs moins libres.

V. 142. Un bourg était autour.

Autour est toujours préposition et a toujours un régime. *Autour d'eux*, *autour de ce lieu*. Il faudrait ci-dessus *autour* et ici *alentour*.

V. 143.   Habitacles d'impies.

Suivant l'académie, *habitacle* ne se dit que dans quelques phrases de l'Écriture, et dans le style soutenu : *l'habitacle du Très-Haut*, *les habitacles éternels*, *des habitacles magnifiques*. Cela est de l'ancien langage et ne se dit plus. J'avoue que j'en suis fâché. Ce terme, ne fût-il appliqué qu'au ciel, serait un synonyme de plus aux mots ; *habitation*, *demeure*, *séjour*, *etc.* Il est d'un son doux et plein.

On voit par l'usage qu'en fait La Fontaine, que l'on pouvait l'employer en mauvaise part, dans le style familier, comme on l'employait en bonne part dans le style noble.

Gresset est, je crois, le dernier chez qui l'on retrouve cette expression, prise dans un sens de moquerie et de critique :

> Non loin de l'armorique plage,
> Il est une île, affreux rivage,
> Habitacle marécageux.

V. 144. Du céleste courroux tous furent les hosties.

Je copie ici Voltaire. *Hostie* ne se dit plus, et c'est dommage. Il ne reste plus que le mot de *victimes*. Plus on a de termes pour exprimer la même chose, plus la poésie est variée. (Commentaire sur la tragédie d'Horace, acte III, scène 2.) Me pardonnera-t-on de chercher pourquoi ce mot a été abandonné dans le sens qu'il a ici. On aura voulu qu'*hostie* fut employé exclusivement à signifier le pain céleste que le prêtre offre et consacre.

V. 145. Il ne resta que nous d'un si triste débris.

Débris, suivant le dictionnaire critique de la langue française, ne s'emploie guère tout seul et sans régime, surtout avec les pronoms. On ne dit point : *un débris, ce débris, son débris*; on dit toujours *le débris de, les débris de*; ou sans régime, *les débris* au pluriel, plutôt que *le débris* au singulier. L'auteur ajoute : *débris* ne se dit point des personnes. Ces assertions sont fondées sur l'usage. Cependant le rigoureux d'Olivet ne relève pas ce vers où Racine a employé *débris* au singulier, avec un pronom : *et laisser un débris, du moins après ma fuite*. Ni cet autre de la même pièce, où la même faute, si c'en est une, se retrouve : *chargeant de mon débris les reliques plus chères*. Quant à la seconde règle qui ne permet pas de dire *débris* des personnes, Delille l'a violée dans ces vers :

> Telle jadis Cartage
> Vit sur ses murs détruits Marius malheureux,
> Et ces deux grands débris se consolaient entre eux.

On critiqua beaucoup cette pensée dans le temps, et Voltaire consulté répondit : « Ce vers est extraordinaire, j'en conviens, mais je n'ai pas le cœur de le blâmer. »

V. 146. Vous en verrez tantôt la suite en nos lambris.

La césure force le lecteur de s'arrêter après *tantôt* et retarde trop par conséquent l'énoncé du régime simple, qui ne saurait être trop rapproché du verbe régissant. Que *tantôt* commence le vers, tout est concilié : *tantôt vous en verrez la suite en nos lambris. Impies... hosties... débris... lambris... l'y... peignit...* consonnance répétée six fois en quatre vers et demi. Ce n'est point respecter assez l'oreille, dont le jugement est fier, dit Quintilien.

V. 150. Il veut lui tendre aussi les siens, et ne peut pas.

La suppression de la césure dans ce vers est un trait de goût et d'art, qui peint la continuité des efforts de Philémon. *Et ne peut pas* en exprime vivement l'inutilité.

V. 151. Il veut parler, l'écorce a sa langue pressée.

Je ne puis mieux faire ici que de trascrire et de discuter ce passage de d'Olivet. (Remarques sur Racine.)

> Quand sera le voile arraché
> Qui sur tout l'univers jette une nuit si sombre?
> ESTHER. 2, 8, 34.

« Aujourd'hui nos poëtes n'osent presque plus employer ces
» transpositions, qui cependant ne peuvent plus faire qu'un
» bon effet. Pour peu qu'ils continuent à ne vouloir que des
» tours prosaïques, à la fin nous n'aurons plus de vers; c'est-
» à-dire, nous ne conserverons entre la prose et les vers au-
» cune différence, qui soit purement grammaticale, car la
» grammaire n'embrasse que les mots et l'arrangement des
» mots. Or, à l'exception d'un petit nombre de mots qui
» ont vieilli dans la prose, mais dont la poésie fait encore un

» excellent usage, nos poëtes et nos orateurs n'ont absolument
» que les mêmes mots à employer. Il serait donc à souhaiter
» que, du moins en ce qui regarde l'arrangement des mots,
» notre poésie fût attentive à maintenir ses priviléges. Elle en
» a perdu quelques-uns depuis moins d'un siècle, puisqu'au-
» trefois on se permettait l'inversion du participe, non-seu-
» lement avec l'auxiliaire *être*, mais encore avec l'auxiliaire
» *avoir*.

> O Dieu, dont les bontés de nos larmes touchées
> Ont aux vaines fureurs les armes arrachées.

» Pour dire, *ont arraché les armes*; et cette inversion
» était d'une grande commodité pour la rime, parce qu'elle
» rend le participe déclinable, au lieu qu'étant mis avant son
» régime, il ne se décline jamais. Pourquoi nos poëtes se
» privent-ils d'une douceur que l'usage leur accordait? »

Malgré l'autorité de d'Olivet, j'observerai que la loi d'être
clair, d'éviter soigneusement toute équivoque, d'épargner au
lecteur la peine de réfléchir, même une minute, pour deviner
le vrai sens, est vraisemblablement la cause pourquoi *l'on se
prive de cette douceur*. Ces transpositions ont bien de l'inconvénient. Elles donnent lieu à l'ambiguïté. En lisant : *la saison
où les tièdes zéphyrs ont l'herbe rajeunie ; ô Dieu, dont les
bontés ont aux vaines fureurs les armes arrachées ;* on éprouve
un moment d'embarras, on hésite pour savoir si *ont*, dans
l'une et l'autre citation, est actif et synonyme de *possèdent*,
tiennent en leur possession, ou en effet auxiliaire des participes *rajeunie* et *arrachées*. Il en est de même pour *l'écorce a
sa langue pressée*. On croit comprendre d'abord que *sa* est
relatif à *écorce*, et, comme ce sens est absurde et inadmissi-
ble, les étrangers et les commençans, surtout, se trouvent
embarrassés.

V. 152. L'un et l'autre se dit adieu de la pensée.

Je copie encore d'Olivet (Remarques sur Racine, rem. 60,

pag. 346), et j'adopte sa décision. « Quand nos verbes régis-
» sent un substantif qui n'a pas d'article, ils doivent être sui-
» vis immédiatement de ce substantif, comme si l'un et l'au-
» tre ne composaient qu'un seul mot, *avoir faim*, *donner*
» *parole*, *rendre raison*, *rendre compte*, *etc.* Jamais ces ver-
» bes, dis-je, ne souffrent la transposition de leurs régimes :
» et l'on ne peut jamais rien mettre entre le verbe et
» le régime, si ce n'est un pronom : *Donnez-moi parole*,
» ou une particule, *ayez-en pitié*; ou enfin un adverbe :
» *donnez hardiment parole*. Je ne sais même si entre ces
» sortes de verbes et leur régime, la voix peut se reposer
» autant que le demande la césure. On en jugera par le
» vers suivant de Racine (Britannicus, acte IV, scène 1,
» vers 104) :

Je vous ai demandé raison de tant d'injures.

» Quel repos pratiquer entre *demandé* et *raison* ? »

Je répète à mon tour : quel repos pratiquer entre *dit* et
adieu ?

Au reste, le poëte latin est manifestement supérieur au
poëte français, dans cette description.

Assurément la situation des deux époux, dans La Fontaine,
est touchante et bien peinte. Mais quelle cruauté, de ne
leur point laisser le temps et la faculté de s'adresser ré-
ciproquement les dernières protestations de leur tendresse !
L'adieu de la pensée, quoique fait en silence, peut attendrir,
mais il sera toujours loin de valoir ces mots effectifs qui ont
tant de sens pour le cœur, ces mots simples et doux qu'Ovide
leur fait prononcer à l'un et à l'autre, jusqu'au dernier moment. *Adieu chère épouse*, *adieu cher époux*. Le dirai-je ?
ces bras que le Philémon du poëte moderne veut tendre, sans
pouvoir y réussir, cette écorce qui presse sa langue et lui
coupe la parole, tout ce dénoûment inquiète et peine le lecteur. La métamorphose du vieillard paraît accompagnée de

souffrance. Elle ressemble presqu'à un châtiment. Sa fin est troublée. Ce n'est pas là le soir d'un beau jour.

V. 153. Le corps n'est tantôt plus que feuillage et que bois.

Tantôt est synonyme de *bientôt*. Mais il dit, ce semble, plus que l'autre, et La Fontaine l'a justement préféré. *Bientôt* signifie *dans peu de temps*. *Tantôt* veut dire ici *tout à l'heure*. *Il sera bientôt nuit, il est tantôt nuit*, marquent des différences dans les degrés de proximité du temps.

V. 155. Même temps, même sort à leur fin les entraîne.

Entraîner signifie *emmener avec violence et rapidité*. Il suppose qu'il y a résistance, répugnance du moins. Employez ce mot, si vous voulez, dans la description de tant de métamorphoses involontaires, effrayantes et subites; par exemple, de celles d'Aglaure, d'Actéon, d'Arachné, des paysans de Latone, de Midas, de la famille entière de Térée, etc. Mais Philémon et Baucis, qui quittent ensemble la vie humaine, ainsi qu'ils l'ont demandé aux dieux, doivent finir par degrés insensibles, doucement, mollement et comme l'on s'endort, dans l'état de santé : contre votre intention, vous avez employé un terme impropre.

V. 157. On les va voir encor.

J'aimerais mieux pour l'oreille : *on va les voir encor.*

V. 159. Ils courbent sous le poids.

Selon l'Auteur du Dictionnaire critique, on dit plus ordinairement *plier* que *courber*, oui en prose, mais en vers?

V. 162. Ah! si..... mais autre part j'ai porté mes présens.

Ce regret, cette exclamation imprévue, cette réticence naïve, qui indique que le poëte est tenté de rentrer dans ses premiers liens, sont des garans de l'honnêteté de son âme, bien propres à lui concilier notre estime et notre affection. On sait qu'il abandonne rarement : ah ! sûrement ce n'était pas lui qui avait tort.

V. 164. De fidèles témoins m'ayant conté la chose.

Si, au lieu de cette supposition badine et commune, le poëte eût nommé la vraie source où il a puisé, il aurait, je pense, honoré davantage son caractère ; ajoutons qu'en célébrant, par occasion, l'historien *de la chose*, son talent poétique n'y aurait pas perdu, il aurait pu enfanter des vers très-agréables sur Ovide, et, pour le mieux peindre en passant, emprunter jusqu'à un certain point sa manière.

V. 168. Sous l'appui d'un grand nom.

Sous n'est pas le mot propre, il serait mieux de mettre *avec*, mais *avec l'appui* n'est point poétique.

V. 169.   Consentez au los que j'en attends.

On n'emploie plus *los* que dans le style marotique, c'est-à-dire qu'aujourd'hui on ne l'emploie plus du tout, puisque le style marotique lui-même est entièrement tombé : il était alors en grande faveur, et La Fontaine en faisait impunément son profit. *Los* d'un son grave et flatteur, ayant pour lui l'étimologie (il vient du latin *laus*, louange), aurait dû rester invariablement à notre langue, même dans les genres nobles. Il ne produit point un mauvais effet dans quelques vers lyriques de Malherbe et de Racan ; au moins convenait-il de le maintenir dans nos diverses espèces actuelles de poésie familière.

V. 171. Enchaînez ces démons, que sur nous ils n'attentent.

Ellipse. Je crois que les mots sous-entendus sont *de peur* ou *de crainte ;* la suppression de ces mots donne au second hémistiche une sorte de mouvement qu'il n'aurait pas sans cela.

V. 172. Ennemis des héros.

Autre ellipse; sous-entendez *étant* ou *eux qui sont*; ces deux ellipses rendent le style plus vif sans nuire à la clarté.

V. 173. Je voudrais pouvoir dire en un style assez haut ,
　　　　Qu'ayant mille vertus, vous n'avez nul défaut.

Voilà ce que l'on aurait pu dire tout au plus à un Turenne, *qui faisait honneur à l'homme* , à un Catinat, à un Vauban. Mais aucun d'eux n'aurait souffert un éloge direct aussi hyperbolique , et pas assez mérité, du moins à en juger d'après le portrait que je vais tracer sur ce qui a été publié par des écrivains la plupart ses contemporains , Noailles, d'Argenson , Saint-Simon , Voltaire , La Beaumelle , Anquetil , etc.

On convient qu'il était d'une bravoure à l'épreuve; qu'à défaut de science approfondie, il avait à un degré peu commun, le génie de la guerre ; qu'il savait par l'audace de ses attaques , par l'opiniâtreté de sa résistance , par sa présence d'esprit , suppléer aux irrégularités de ses plans toujours formés à la hâte , quand il en formait; qu'il inspirait aux soldats une confiance et même une sorte de passion qui tenait de l'idolâtrie ; que son éloquence sans art entraînait les volontés, qu'il était ennemi du faste , généreux et toujours affable , qu'enfin il a rendu des services signalés à sa patrie et aux alliés de sa patrie.... Mais il faut avouer aussi que l'histoire générale et les mémoires particuliers lui reprochent une incurie dans le commandement, poussée jusqu'à l'oubli de toute précaution et au mépris public de toute discipline , un entêtement dont son indolence même était le principe, et qui s'irritait des moindres contradictions , un amour excessif de la louange , même grossière , des manières et un langage familier, jusqu'à l'indécence , et qui n'excluait point l'égoïsme et la jalousie ; dans les affaires une circonspection qui avoisinait la fausseté ; une malpropreté, une intempérance qui fut cause de sa mort prématurée : il avait plus de facilité à parler que de talent pour la discussion, plus de profusion que de bienfaisance réelle, et en tout plus d'instinct que de réflexion, et de bonheur que de mérite.

La Fontaine, pauvre, sensible, et facile à porter l'admiration pour son protecteur à un excès qui afflige, a bien oublié ici le sage du commencement de sa fable.

> V. 175. Toutes les célébrer serait œuvre infinie,
> L'entreprise demande un plus vaste génie;
> Car quel mérite enfin ne vous fait estimer,
> Sans parler de celui qui force à vous aimer ?

Ce ne sont pas là des vers, c'est de la mauvaise prose rimée. Il faut *pas* avec *ne*; d'ailleurs nulle finesse dans la pensée; point de tour heureux dans l'expression; plût au ciel, après tout, que l'adulation ne fût jamais ingénieuse!

> V. 180. Vous y joignez un goût plus sûr que nos suffrages;
> Don du ciel, qui peut seul tenir lieu des présens
> Que nous font à regret le travail et les ans.

Ainsi La Fontaine, dans ces vers bien tournés, se ravale lui-même, et, avec lui, ses pareils en talent; rien ne manque à son avilissement volontaire...... Plaignons-le; oublions une faute née d'un extrême reconnaissance, et souvenons-nous seulement de la conduite pure et souverainement noble que le même sentiment lui fit tenir envers Fouquet malheureux.

> V. 183. Peu de gens élevés, peu d'autres encor même.

Le sens peut se passer *d'encor*; la mesure du vers ne le peut pas, *encor* étant de deux syllabes dont le poëte a besoin.

> V. 184. Font voir par ces faveurs que Jupiter les aime.

Par ces faveurs; ce substantif doit être, si je puis m'exprimer ainsi, passif, dans le vers de La Fontaine: *par ces faveurs* (qui leur sont faites); au lieu que la place où il est seul et sans mot ajouté le fait paraître actif (ces faveurs qu'ils font).

V. 186. Je l'ose, dans ces vers, soutenir devant tous.

Ce défi peu flatteur au fond, puisqu'il suppose des contradicteurs, a quelque chose de fanfaron, et sent le don
Quichotte.

V. 187. Clio, sur son giron, à l'exemple d'Homère.

La Fontaine ne rend pas sa pensée. Il veut dire que Clio,
répétant l'exemple de ce qu'elle a fait pour Homère, a retouché
sur son giron les vers du poëte français, tandis que le texte
énonce formellement qu'Homère a donné l'exemple à Clio,
en corrigeant lui-même ses vers sur son propre giron.

V. 189. On dit qu'elle et ses sœurs, par ordre d'Apollon,
Transportent dans Anet tout le sacré vallon.
Je le crois.

Et moi, j'ai de la peine à le croire. Je doute que ce duc,
qui, selon un des auteurs déjà cités (Saint-Simon) *ne cultiva
jamais les lettres*, eût le même goût pour les plaisirs de l'esprit
que son frère le grand prieur, et qu'il ait appelé avec un si
vif empressement, *toutes* les muses auprès de lui. Dans sa
retraite, n'en déplaise à La Fontaine, il est plus vraisemblable
qu'Anet, sous Vendôme, ne fut guère habité que par Comus
et sa suite.

V. 193. Puissent-ils, etc.

L'édition de Coste porte *pussent-ils* qui choque et d'ailleurs
n'est pas usité ; dans le livre intitulé : *Ouvrage des sieurs* de
Maucroix et de La Fontaine, dont La Fontaine lui-même fut
l'éditeur, on lit : *puissent-ils*; c'est le vrai mot.

V. 194. Comme on vit autrefois Philémon et Baucis.

Ellipse. Les mots sous - entendus sont en grand nombre,
mais le lecteur les devine aisément : *devenus arbres, élever
tout d'un coup leurs sourcils.* La Fontaine en finissant rentre

avec adresse dans son sujet ; mais il l'avait perdu de vue pendant plus de vingt vers, et pourquoi? pour aller, bien loin certes de Philémon et Baucis, encenser à genoux un héros qui, selon les témoignages de l'histoire, méritait moins d'encens. Ovide, outre le mérite qu'il a d'être plus précis et de ne flatter personne, termine un récit où il est le modèle et quelquefois le vainqueur, par une moralité encourageante qu'il met en action, et qui est prononcée avec sentiment, non par le poëte en son propre nom et pour son compte, mais par un personnage respecté, en réponse à un ennemi des dieux : *les mortels pieux sont chers au ciel ; et ceux qui l'ont honoré, sont honorés à leur tour.*

LES FILLES DE MINÉE.

(FABLE 29.)

AVANT-PROPOS.

CETTE seconde pièce de La Fontaine est encore
imitée, en grande partie, de l'auteur des Métamorphoses. Le cadre et les trois premières histoires ont
été fournies par le poëte latin. Il faut convenir que
le moyen dont il se sert pour coudre ensemble ces
narrations, et les deux autres qui complètent l'ouvrage, ainsi que pour leur donner à toutes un but
uniforme, est fort ingénieux. Tandis qu'on célèbre
à Thèbes les fêtes de Bacchus, trois filles, ennemies
de ce culte étranger, restent chez elles, et se livrent
sous les auspices de Minerve, aux travaux de leur
sexe. Pour se préserver de l'ennui, elles conviennent de raconter, l'une après l'autre, des aventures
qui puissent les intéresser. Les exemples qu'elles ci-
tent, pour montrer quelques-uns des maux, dont
l'amour est la cause, ne pouvaient être mieux choi-
sis. Ces fables attachantes sont restées dans la me-

moire des hommes. Les nations polies les ont à l'envi transportées sur leurs théâtres. La peinture, la gravure, tous les arts du dessin, se les sont appropriées, et les noms de Pyrame, de Thisbé, de Céphale et de Procris, sont les plus anciens et les plus célèbres, qui attestent une partie des effets déplorables que peut produire cette passion violemment contrariée ou accompagnée de jalousie.

Je vais offrir d'abord le texte latin de chaque fable, et vis-à-vis du texte latin la traduction que j'en ai faite. Cette version sera suivie de quelques notes particulières et succinctes sur l'ouvrage d'Ovide, consacrées à montrer le talent de La Fontaine.

Les divers sujets que traite La Fontaine dans cette seule et même fable se trouvent chez Ovide dans plusieurs métamorphoses.

5

PYRAMUS ET THISBE.

Metam., l. 4, fabula 1 et 2.

At non Alcithoe Minyeias orgia censet
Accipienda dei : sed adhuc temeraria Bacchum
Progeniem negat esse Jovis : sociasque sorores
Impietatis habet. Festum celebrare sacerdos,
Immunes operum dominas, famulasque suorum,   5
Pectora pelle tegi, crinales solvere vittas,
Serta comis, manibus frondentes sumere thyrsos,
Jusserat : et sævam læsi fore numinis iram
Vaticinatus erat. Parent matresque nurusque;
Telasque, calathosque, infectaque pensa reponunt: 10
Thuraque dant : Bacchumque vocant, Bromiumque, Lyæumque
Ignigenamque, satumque iterum, solumque bimatrem.
Additur his Nyseus, indetonsusque Thyoneus,
Et cum Lenæo genialis consitor uvæ,
Nycteliusque, Eleleusque parens, et Iacchus, et Evan : 15
Et quæ præterea per Grajas plurima gentes
Nomina, Liber, habes. Tibi enim inconsumta juventas;
Tu puer æternus, tu formosissimus alto
Conspiceris cœlo : tibi, cum sine cornibus adstas,
Virgineum caput est : Oriens tibi victus, ad usque   20
Decolor extremo quâ cingitur India Gange.
Penthea tu venerande, bipenniferumque Lycurgum

PYRAME ET THISBÉ.

CEPENDANT Alcithoé pense qu'il faut rejeter les orgies, la Minéide téméraire va jusqu'à nier que Bacchus soit fils de Jupiter, et elle a ses sœurs pour complices de son impiété.

Déjà le grand-prêtre avait indiqué le jour de la fête, et prescrit aux Thébaines, maîtresses et esclaves, de cesser leurs travaux, de se couvrir de peaux de panthères, de dénouer les liens de leur chevelure, d'orner leur tête de pampres et d'armer leurs bras de thyrses fleuris, annonçant que le dieu, si on l'offensait, ferait sentir sa colère aux coupables.

Les mères et leurs brus obéissent : toiles, fuseaux, ouvrages imparfaits, tout est abandonné ; l'encens fume. Elle invoquent Bacchus sous les noms de Bromius, de Lyceus, de seul fils de deux mères, né parmi les feux, né une seconde fois ; on l'appelle encore Nisée, Thyonée chevelu, planteur de la vigne joyeuse, inventeur du pressoir, Nyctilien, père Élelée, Iacchus, Évan ; tu entendis, dieu, ami de la liberté, les titres multipliés que te prodiguent les peuples de la Grèce. Tu entendis cet hymne : « Oui, ton printemps n'a point de terme ; tu es le jeune homme éternel, tu es le plus beau des habitans du haut Olympe, et lorsque tu te montres le front dépouillé de cornes, ta tête est celle d'une jeune fille ; l'Orient t'est soumis

Sacrilegos mactas : Tyrrhenaque mittis in æquor
Corpora, tu bijugum pictus insignia frenis
Colla premis lyncum : Bacchæ Satyrique sequuntur :　25
Quique senex ferulâ titubantes ebrius artus
Sustinet ; et pando non fortiter hæret asello.
Quâcumque ingrederis, clamor juvenilis, et unâ
Femineæ voces, impulsaque tympana palmis,
Concavaque æra sonant, longoque foramine buxus.　30
Pacatus mitisque, rogant Ismenides, adsis :
Jussaque sacra colunt. Solæ Minyeides intus,
Intempestivâ turbantes festa Minervâ,
Aut ducunt lanas, aut stamina pollice versant,
Aut hærent telæ, famulasque laboribus urgent.　35
E quibus una levi deducens pollice filum ;
Dum cessant aliæ, commentaque sacra frequentant,
Nos quoque, quas Pallas, melior dea, detinet, inquit,
Utile opus manuum vario sermone levemus :
Perque vices aliquid, quod tempora longa videri　40
Non sinat, in medium vacuas referamus ad aures.
Dicta probant ; primamque jubent narrare sorores.
Illa, quid e multis referat (nam plurima norat)
Cogitat ; et dubia est de te Babylonia narret
Derceti, quam versa squamis velantibus artus　45
Stagna Palæstini credunt celebrasse figurâ :
An magis ut sumtis illius Filia pennis
Extremos altis in turribus egerit annos :
Naïs an ut cantu, nimiumque potentibus herbis,
Verterit in tacitos juvenilia corpora pisces ;　50
Donec idem passa est : an, quæ poma alba ferebat,
Ut nunc nigra ferat contactu sanguinis arbor.
Hæc placet : hanc, quoniam vulgaris fabula non est,
Talibus orsa modis, lanâ sua fila sequente:

jusqu'aux derniers bords du Gange, qui entoure l'Indien
basané. Dieu respectable, Penthée, Lycurgue armé de sa
hache, tombent sous tes coups, punis tous deux de leurs
sacriléges, et tu précipites dans la mer Tyrrhénienne des
matelots perfides; tu presses sous le même joug deux
lynx aux mors peints et brillans; à la suite viennent les
Bacchantes, les Satyres et le Vieillard ivre et chancelant
dont un bâton est l'appui, et qui se soutient à peine, mal
affermi sur son âne courbé : partout à ton passage reten-
tissent les jeunes cris, la voix des femmes, les tambours
que les mains frappent en cadence et l'airain concave, et
le buis percé de large trous; sois-nous bon et propice;
viens : » telle est la prière que t'adressent les Béotiennes,
et elles se conforment aux rites commandés.

Seules, au fond de leur demeure, les Minéides, fidèles
à contre-temps aux arts de Minerve, troublent les solennités, filent la laine ou forment une trame sous leur pouce
laborieux, ou sont penchées sur une toile, et raniment
sans cesse la diligence des servantes. L'une d'elles, dont
les doigts déliés allongent un fil, adresse ce discours à ses
sœurs : « Tandis que les autres femmes, restées oisives,
s'empressent aux autels d'une vaine divinité, nous que
Pallas, déité plus digne de nos hommages, retient dans
ces lieux pour de louables soins, adoucissons par un entretien varié la tâche utile de nos mains. Faisons tour à
tour quelques récits qui, en occupant nos oreilles désœu-
vrées, nous rendent le temps moins long. » Les deux sœurs
l'approuvent, et veulent qu'elle parle la première. Elle
cherche dans son souvenir quelle histoire elle préférera
(car elle en savait plusieurs); elle balance si elle racontera
la vôtre, Babylonienne Dercétis, vous dont les Syriens
croient que vous avez fréquenté, cachée sous des écailles,

Pyramus et Thisbe, juvenum pulcherrimus alter, 55
Altera, quas Oriens habuit, prælata puellis,
Contiguas tenuere domos : ubi dicitur altam
Coctilibus muris cinxisse Semiramis urbem.
Notitiam, primosque gradus vicinia fecit.
Tempore crevit amor. Tædæ quoque jure coissent ; 60
Sed vetuere patres, quod non potuere vetare.
Ex æquo captis ardebant mentibus ambo.
Conscius omnis abest. Nutu signisque loquuntur.
Quoque magnis tegitur, tectus magis æstuat ignis.
Fissus erat tenui rimâ, quam duxerat olim, 65
Cum fieret, paries domui communis utrique.
Id vitium nulli per secula longa notatum,
(Quid non sentit amor ?) primi sensistis amantes,
Et voci fecistis iter : tutæque per illud
Murmure blanditiæ minimo transire solebant. 70
Sæpe, ut constiterant, hinc Thisbe, Pyramus illinc,
Inque vicem fuerat captatus anhelitus oris ;
Invide, dicebant ; paries, quid amantibus obstas ?
Quantum erat, ut sineres nos toto corpore jungi !
Aut hoc si nimium, vel ad oscula danda pateres ! 75
Nec sumus ingrati. Tibi nos debere fatemur,
Quod datus est verbis ad amicas transitus aures,
Talia diversâ nequicquam sede locuti ;
Sub noctem dixere Vale : partique dedere
Oscula quisque suæ, non pervenientia contrà. 80
Postera nocturnos Aurora removerat ignes,
Solque pruinosas radiis siccaverat herbas :
Ad solitum coiere locum. Tum murmure parvo
Multa prius questi, statuunt, ut nocte silenti
Fallere custodes, foribusque excedere tentent : 85
Cumque domo exierint, urbis quoque claustra relinquant :

les étangs de la Palestine ; ou plutôt si elle dira comment
la fille de cette déesse alla, revêtue d'un plumage, passer
ses derniers ans sur les toits élevés ; ou bien comment Naïs,
par ses accens mélodieux et par ses herbes trop puissantes,
changea long-temps ses jeunes amans en poissons muets,
jusqu'à ce qu'elle subît le même sort ; ou enfin comment
l'arbre qui portait des fruits blancs en porte aujourd'hui
de rouges, effet du sang dont il fut coloré : ce sujet lui
plaît, et, comme l'aventure n'est pas vulgaire, elle commence en ces termes, et la laine qu'elle ourdit continue à
se détacher du fuseau.

Pyrame, le plus beau jeune homme, Thisbé, la plus
belle fille que l'Orient possédât, habitaient deux maisons
contiguës dans la magnifique cité que Sémiramis, dit-on,
entoura de murailles de briques : le voisinage les fit connaître l'un à l'autre, et tel fut le premier degré de leur
amour qui crût avec le temps. Les torches nuptiales auraient dû aussi brûler pour eux, mais leurs parens em-
pêchèrent cette légitime union ; ce qu'ils ne purent empêcher, c'est que tous deux ne fussent également épris, également enflammés : privés de tout confident, ils se parlent
des yeux et par signes ; le feu que l'on couvre en devient
plus violent : une fente étroite formée dans un mur commun, dès le temps même qu'on le bâtissait, était restée
inconnue pendant une longue suite d'années. Tendres
amans, vous la découvrîtes les premiers ; ce fut le chemin
que prirent vos voix ; c'était par-là qu'à l'abri du péril
se glissaient leurs murmures caressans. Plus d'une fois,
après s'être long-temps tenus fixés, Pyrame d'un côté,
Thisbé de l'autre, après avoir respiré tour à tour le
souffle exhalé de leurs bouches amoureuses, ils disaient :
« Mur jaloux, pourquoi t'opposes-tu aux désirs de deux

Neve sit errandum lato spatiantibus arvo,
Conveniant ad busta Nini : lateantque sub umbrâ
Arboris. Arbor ibi, niveis uberrima pomis,
Ardua morus, erat, gelido contermina fonti.   90
Pacta placent : et lux, tardè decedere visa,
Præcipitatur aquis, et aquis nox surgit ab isdem.
Callida per tenebras, versato cardine, Thisbe
Egreditur, fallitque suos : adopertaque vultum
Pervenit ad tumulum ; dictâque sub arbore sedit.   95
Audacem faciebat amor. Venit ecce recenti
Cæde leæna boum spumantes oblita rictus,
Depositura sitim vicini fontis in undâ.
Quam procul ad lunæ radios Babylonia Thisbe
Vidit : et obscurum trepido pede fugit in antrum :   100
Dumque fugit, tergo velamina lapsa relinquit.
Ut lea sæva sitim multâ compescuit undà,
Dum redit in silvas, inventos fortè sine ipsa
Ore cruentato tenues laniavit amictus.
Serius egressus vestigia vidit in alto   105
Pulvere certa feræ, totoque expalluit ore
Pyramus. Ut vero vestem quoque sanguine tinctam
Reperit : Una duos nox, inquit, perdet amantes :
E quibus illa fuit longâ dignissima vitâ.
Nostra nocens anima est. Ego te, miseranda, peremi,   110
In loca plena metus qui jussi nocte venires ;
Nec prior huc veni. Nostrum divellite corpus,
Et scelerata fero consumite viscera morsu,
O quicumque sub hâc habitatis rupe, leones.
Sed timidi est optare necem. Velamina Thisbes   115
Tollit, et ad pactæ secum fert arboris umbram.
Utque dedit notæ lacrimas, dedit oscula, vesti :
Accipe nunc, inquit, nostri quoque sanguinis haustus

amans? à quoi tient-il que tu ne laisses nos corps passer
tout entiers et s'unir? ou, si c'est trop prétendre, que n'es-
tu assez ouvert pour que nous puissions nous donner des
baisers? Ah! nous ne sommes point ingrats; c'est à toi,
nous en faisons l'aveu, que nous devons de pouvoir trans-
mettre nos paroles à des oreilles amies. » Telle fut dans
leurs postes opposés, un de leurs vains colloques; puis
chacun de son côté appliqua sur la muraille des baisers,
qui ne parvenaient pas plus loin. Le lendemain, dès que
l'Aurore eut chassé devant elle les astres de la nuit, et que
les rayons du soleil eurent séché les herbes chargées d'humides vapeurs, ils vinrent au rendez-vous : là, après
avoir répété à bas bruit leurs complaintes, ils convinrent
d'essayer, à la faveur du silence de la nuit, de tromper
leurs surveillans, d'ouvrir furtivement les portes, ensuite
d'abandonner et leur maison et la ville; enfin, crainte de
s'égarer en portant leurs pas au hasard dans les vastes
champs, il fut résolu qu'ils se trouveraient au tombeau
de Ninus, et s'attendraient, cachés sous l'arbre qui l'ombrage. Cet arbre, placé sur le bord d'un frais ruisseau et
riche en fruits d'une éclatante blancheur, était un mûrier
élevé. Ce projet les satisfit : déjà le jour, qui leur parut
lent à s'écouler, s'était précipité dans l'Océan, et la nuit
sortait des mêmes ombres, lorsque l'adroite Thisbé, que
les ténèbres favorisaient, fait tourner les portes sur leurs
gonds, échappe à ses parens, et, couverte d'un voile, arrive
au tombeau et s'assied sous l'arbre; l'amour lui donnait
tant d'audace! Tout à coup une lionne paraît la gueule
ouverte, écumante, et teinte encore du sang des bœufs
qu'elle vient d'égorger; elle s'avançait pour se désaltérer
dans le courant voisin. Thisbé l'a vue de loin aux rayons
de la lune; Thisbé fuit d'un pied timide au fond d'un

Quoque erat accinctus, demittit in ilia ferrum.
Nec mora; ferventi moriens e vulnere traxit.   120
Ut jacuit resupinus humi, cruor emicat altè;
Non aliter, quam cùm vitiato fistula plumbo
Scinditur, et tenui stridente foramine longas
Ejaculatur aquas, atque ictibus aera rumpit.
Arborei fœtus adspergine cædis in atram   125
Vertuntur faciem : madefactaque sanguine radix
Puniceo tingit pendentia mora colore.
Ecce, metu nondum posito, ne fallat amantem,
Illa redit : juvenemque oculis, animoque requirit :
Quantaque vitarit narrare pericula gestit.   130
Utque locum, et versam cognovit in arbore formam;
(Sic facit incertam pomi color) hæret, an hæc sit.
Dum dubitat, tremebunda videt pulsare cruentum
Membra solum, retroque pedem tulit; oraque buxo
Pallidiora gerens, exhorruit, æquoris instar,   135
Quod fremit, exiguâ cùm summum stringitur aurâ.
Sed postquam remorata suos cognovit amores,
Percutit indignos claro plangore lacertos :
Et laniata comas, amplexaque corpus amatum,
Vulnera supplevit lacrimis, fletumque cruori   140
Miscuit : et gelidis in vultibus oscula figens,
Pyrame, clamavit, quis te mihi casus ademit?
Pyrame, responde. Tua te carissima Thisbe
Nominat. Exaudi, vultusque attolle jacentes.
Ad nomen Thisbes oculos, jam morte gravatos,   145
Pyramus erexit, visaque recondidit illa.
Quæ postquam vestemque suam cognovit, et ense
Vidit ebur vacuum : Tua te manus, inquit, amorque
Perdidit, infelix. Est et mihi fortis in unum
Hoc manus : est et amor : dabit hic in vulnera vires.   150

antre obscur ; mais, dans sa fuite, le voile se détache et
tombe derrière elle. Cependant l'animal cruel dont l'eau
qu'il a bue abondamment a calmé la soif, retourne dans
la forêt, trouve par hasard le tissu léger que Thisbé a
perdu, et sa dent ensanglantée le déchire.

Sorti plus tard, Pyrame aperçoit les traces du monstre
empreintes dans la poussière : la pâleur couvre son visage ;
mais lorsqu'il reconnaît aussi le voile de Thisbé souillé
de sang : « Une même nuit, s'écrie-t-il, fera périr deux
amans, dont l'un méritait de long jours. J'ai commis un
crime, fille infortunée : c'est moi qui t'ai ôté la vie, moi
qui ai voulu que tu vinsses seule, la nuit, dans ces lieux
pleins de terreur, O lions ! moi qui ne suis pas arrivé le
premier, déchirez mon corps ; couvrez d'affreuses mor-
sures mon coupable cœur, vous tous, ô lions, qui habitez
sous cette roche. Mais quoi ! le lâche seul désire qu'on le
tue. » A ces mots il relève ce voile, il l'emporte, et va le
déposer à l'ombre de l'arbre désigné. Après avoir approché
mille fois de ses lèvres ce voile qu'il connaissait si bien,
après l'avoir baigné de ses larmes :« Reçois tout mon sang,
dit-il. » Au même instant il se plonge dans le sein l'épée
qui pendait à son côté, et sa main mourante la retire avec
effort de la plaie enflammée : il tombe renversé sur la poussière ; le sang jaillit. Ainsi, lorsque l'eau qui coule dans un
plomb que le temps a miné vient à le rompre et à s'ouvrir un étroit passage, elle lance en sifflant de longs filets,
et brise l'air à coups redoublés.

Les fruits de l'arbre se noircissent arrosés de ce sang; les
racines, qui en sont humectées, peignent d'un rouge pour-
pré la mûre suspendue aux branches.

Bientôt Thisbé, dont la frayeur dure encore, et qui ne
veut point être cause que son amant se trompe, revient,

Persequar exstinctum : lethique miserrima dicar
Causa, comesque tui : quique a me morte revelli
Heu sola poteras, poteris nec morte revelli.
His tamen amborum verbis estote rogati ,
O multum miseri, meus illiusque, parentes ,   155
Ut, quos certus amor, quos hora novissima junxit,
Componi tumulo non invideatis eodem.
At tu , quæ ramis arbor miserabile corpus
Nunc tegis unius, mox es tectura duorum ;
Signa tene cædis : pullosque, et luctibus aptos   160
Semper habe fœtus, gemini monumenta cruoris.
Dixit : et aptato pectus mucrone sub imum
Incubuit ferro, quod adhuc à cæde tepebat.
Vota tamen tetigere deos, tetigere parentes :
Nam color in pomo est, ubi permaturuit, ater :   165
Quodque rogis superest , unà requiescit in urnà.

le cherche de l'œil et de l'âme, et brûle de lui faire le récit de l'extrême péril qu'elle a évité. Dès qu'elle découvre le lieu, elle reconnaît l'arbre à sa forme qu'elle a bien vue ; mais la couleur nouvelle du fruit lui fait naître des doutes : pendant ces incertitudes, elle voit des membres palpitans s'agiter sur la terre sanglante : elle recule d'horreur, et les joues plus pâles que la tige du buis, elle frissonne, semblable à l'onde dont un vent léger fait rider et frémir la surface. Mais lorsqu'après quelques instans elle reconnaît celui qu'elle aimait, elle pousse un cri aigu, meurtrit ses bras innocens, s'arrache les cheveux, et tient embrassé le corps de son amant. Ses larmes inondent la blessure ; ses larmes se mêlent au sang qui coule, et collant ses lèvres sur ce visage glacé :« Pyrame, s'écrie-t-elle, par quel malheur subit m'es-tu ravi ? Pyrame, réponds-moi, c'est ta chère Thisbé qui t'appelle ; entends-moi, relève ta tête affaissée. »

Au nom de Thisbé, Pyrame ouvre ses yeux appesantis ; il la voit et les referme. Quand elle eut reconnu son voile et remarqué l'épée nue : « C'est ta main, dit-elle, c'est ton fatal amour, qui t'ont fait perdre la vie ; ma main aussi est forte, j'ai aussi de l'amour ; il me donnera assez de vigueur pour me frapper d'un coup mortel : je te suivrai dans le tombeau ; on dira que j'ai été la cause et la compagne de ta mort ; le trépas pouvait seul te séparer de moi ; tu n'en seras point séparé par le trépas. Exaucez cependant notre dernière prière, trop malheureux parens de Thisbé et de Pyrame ; ne refusez pas le même tombeau à ceux qu'une tendresse sincère et qu'une fin pareille ont réunis. Et toi qui ne couvres encore de tes rameaux qu'un seul et déplorable corps, mûrier funeste, tu vas bientôt en couvrir deux ; conserve des marques de notre mort

sanglante, porte toujours des fruits noirâtres, témoignage
de deuil, monumens d'un double homicide.» Elle dit, et,
ayant appuyé la pointe de l'épée contre sa poitrine, elle
se précipite sur le fer encore tiède. Cependant son vœu
toucha le ciel; il toucha leurs parens. Le fruit de l'arbre,
lorsqu'il fut mûr, devint noir; et ce qui reste après le
bûcher, leurs cendres et leurs os, reposèrent dans la même
urne.

———

Les Minéides, ainsi nommées à cause de Minyas leur
père, roi des Minyens, habitans d'Orchomène en Béotie, (1)
étaient, d'après Ovide, trois filles fort pudiques, fort labo-
rieuses, mais très-opposées au culte de Bacchus, nouveau
alors, et qu'on eut beaucoup de peine, dans ces commen-
cemens, à recevoir en Grèce. Elles furent victimes de leur
résistance. Bannier conjecture avec bien de la vraisemblance (*Mythologie expliquée*, tom. 1, page 24) qu'ayant
travaillé, par mépris pour le dieu, tout le jour de la so-
lennité instituée en son honneur, elles furent persécutées,
contraintes de se cacher soigneusement, ou même immo-
lées par des adorateurs de Bacchus, qui répandirent le
bruit que Bacchus les avait changées en chauves-souris,
oiseaux qui aiment les ténèbres.

C'est à Ovide et à Hygin, ou au compilateur auquel
il a plu de prendre le nom de cet affranchi d'Auguste,
que nous devons la connaissance de l'histoire de Pyrame

———

(1) Théocrite, id. 16, 104, rappelle cet Étéocle qui le premier sacri-
fia aux Grâces dans la Minyenne Orchomène. Voy. le schol., v. 104
et 105. Hérodote, 1, 146; Larcher au mot *Minyens* et *Orchomène*.

et Thisbé ; mais Ovide ne laisse rien à désirer pour les détails ni pour l'intérêt, au lieu qu'Hygin ou son plagiaire pseudonyme, dont l'ouvrage n'est qu'une suite de faits très-sommaires, sans aucun développement, est ici d'une concision excessive et pleine de sécheresse : « *Pyramus, Babylonius, se interfecit propter Thisben quam credebat interfectam. Thisbé Babylonia se interfecit ob Pyramum.* »

« Pyrame, Babylonien, se tua à cause de Thisbé, qu'il croyait tuée. Thisbé, Babylonienne, se tua à cause de Pyrame. » Ce passage d'Hygin prouve que le fait de Pyrame et Thisbé était regardé comme vrai ; et, en effet, rien dans cette histoire ne sent la fable. Cet endroit des métamorphoses est justement célèbre. L'enthousiasme du dythyrambe respire dans la prière des Thébaines à Bacchus. On entend les cris des Bacchantes, on voit leurs gestes précipités ; leurs expressions sont ivres, leurs images animées et rapides peignent les courses, les victoires, les bienfaits, les principaux attributs de l'aimable et terrible conquérant de l'Inde. Ces tableaux écrits ont servi à plus d'un artiste, entre autres à Bouchardon, dans son dessin du triomphe de Bacchus où la jeunesse éternelle du dieu, sa beauté de fille, ses compagnons et ses compagnes pétulantes, ses lynx baissant le cou avec une douceur encore féroce, et jusqu'à son nourricier qui glisse de dessus l'âne affaissé, tout est copié par le dessinateur d'après le poëte. Sans doute c'est en lisant devant ses amis cette bachique description, que Piron transporté s'écria : « Ah ! je bois ici la poésie à plein verre ! » Et puis, quelle galanterie charmante dans l'invention de cette intrigue de nouvelle espèce à travers un mur. Peut-être un goût sévère trouvera-t-il peu naturelle cette apostrophe à la muraille : « Nous ne sommes pas ingrats; c'est à toi, nous en faisons l'aveu, que nous devons de pouvoir nous entretenir. » Peut-être encore regrettera-t-on que Thisbé dise si crûment et si vite, en faisant chorus avec Pyrame : « A quoi donc tient-il que nos deux corps tout entiers ne puissent s'unir? » Est-ce que le beau sexe de ces temps-là était si mal instruit par la nature, qu'il ignorât la méthode d'enflammer les désirs en cachant les siens? La libre Thisbé d'Ovide ne mérite-t-elle pas un peu qu'on lui adresse ce mot naïvement fin de La Fontaine lui-même à une beauté trop facile et trop empressée : « *Pour Dieu, défendez-vous.* Le spirituel Ovide s'élève au pathétique dans ces vers, qui semblent un peu imités de Virgile. (Voyez le 4ᵉ. livre de l'Énéide, v. 670).

> *Ad nomen Thisbes oculos jam morte gravatos*
> *Pyramus erexit, visâ que recondidit illâ.*
> « Au nom de Thisbé, Pyrame ouvre ses yeux appesantis par la mort : il la voit et les referme. »

Quelle touchante, quelle effrayante précision dans le récit de cette mort désespérée, douloureuse, muette ! Et remarquez combien la situation de Pyrame est plus déchirante que celle de Didon, qui du moins n'a pas Énée sous les yeux. Hélas ! Pyrame voit Thisbé, elle respire, elle vit, et il meurt.

C'est ici une des occasions où Ovide est tragique; mais il l'est à sa manière, c'est-à-dire que trop souvent, au milieu des expressions les plus passionnées et des plus vives images, il joue sur la pensée et sur le mot; il donne d'avance aux Italiens ses successeurs l'exemple des concetti; il mêle l'esprit au sentiment. Par exemple, est-il convenable, naturel et de bon goût, lorsqu'il peint Thisbé reculant d'horreur à l'aspect du corps qui s'agite sur la terre ensanglantée, d'aller comparer la pâleur de cette amante à la couleur d'un morceau de buis, et le frissonnement qu'elle éprouve au mouvement de l'onde, dont un vent léger fait rider et frémir la surface ; cette image, au fond très-riante, devait être réservée pour une toute autre occasion.

6

DEUXIÈME PARTIE.

—

CEPHALUS ET PROCRIS.

Ovid. Metam., liv. 7, fab. 27, sq., ed. Burm.

—

Quæ petit (*Phocus*), ille (*Cephalus*) refert......
Procris erat ; si fortè magis pervenit ad aures
Orithyia tuas , magnæ soror Orithyiæ :
Si faciem moresque velis conferre duarum ,
Dignior ista rapi. Pater hanc mihi junxit Erectheus :   5
Hanc mihi junxit Amor. Felix dicebar, eramque.
Non ita Diis visum est : at nunc quoque forsitan essem.
Alter agebatur post sacra jugalia mensis ,
Cum me , cornigeris tendentem retia cervis ,
Vertice de summo semper florentis Hymetti   10
Lutea manè videt pulsis Aurora tenebris ;
Invitumque rapit. Liceat mihi vera referre ,
Pace Deæ ; quod sit roseo spectabilis ore ,
Quod teneat lucis , teneat confinia noctis ,
Nectareis quod alatur aquis ; ego Procrin amabam :   15
Pectore Procris erat, Procris mihi semper in ore.
Sacra tori , coïtusque novos , thalamosque recentes ,

CÉPHALE ET PROCRIS.

CÉPHALE répond en ces termes aux questions de Phocus.

Procris était sœur de la célèbre Orythie dont le nom vous est peut-être plus connu, mais si vous les comparez l'une à l'autre, pour les appas et pour la sagesse, Procris méritait mieux d'être enlevée. Son père Érecthée l'unit à moi ; l'amour aussi me la donna, où m'appelait heureux, je l'étais, et je le serais peut-être encore. Les Dieux ne l'ont pas permis.

Le deuxième mois était commencé, depuis que j'étais soumis au joug sacré de l'hymen, lorsqu'un matin, où je m'occupais à tendre des toiles aux cerfs à la tête rameuse, la vermeille Aurore, qui venait de chasser les ténèbres, m'aperçut du sommet toujours verdoyant de l'Hymette, et m'enleva malgré moi. Qu'il me soit permis d'avouer la vérité, sans offenser la déesse qui attire nos regards par son teint où brille la rose, qui termine la nuit et commence le jour, et pour qui les vapeurs matinales sont un autre nectar. J'aimais Procris, Procris était dans mon cœur, le nom de Procris était sans cesse dans ma bouche, je réclamai les droits sacrés du lit conjugal, d'un hyménée récent, de nos jouissances encore nouvelles, et ce premier pacte de voluptés déjà interrompues. La déesse fut émue : « Ingrat, dit elle, suspends tes plaintes ; possède

Primaque deserti referebam fœdera lecti.
Mota dea est : et, siste tuas, ingrate, querelas;
Procrin habe, dixit : Quod si mea provida mens est,　20
Non habuisse voles; meque illi irata remisit.
Dum redeo, mecumque deæ memorata retracto,
Esse metus cœpit, ne jura jugalia conjux
Non bene servasset : Faciesque ætasque jubebant
Credere adulterium; prohibebant credere mores.　25
Sed tamen abfueram; sed et hæc erat, unde redibam,
Criminis exemplum : sed cuncta timemus amantes.
Quærere quod doleam statuo, donisque pudicam
Sollicitare fidem. Favet huic Aurora timori :
Immutatque meam, videor sensisse, figuram,　30
Palladias ineo non cognoscendus Athenas,
Ingrediorque domum : culpâ domus ipsa carebat,
Castaque signa dabat, dominoque erat anxia rapto.
Vix aditus, per mille dolos, ad Erechthida factus.
Ut vidi, obstupui : meditataque pene reliqui　35
Tentamenta fide : male me, quin vera faterer,
Continui; male quin, ut opportuit, oscula ferrem.
Tristis erat : sed nulla tamen formosior illâ
Esse potest tristi; desiderioque dolebat
Conjugis abrepti, tu collige, qualis in illâ　40
Phoce, decor fuerit : quàm sic dolor ipse decebat.
Quid referam, quoties tentamina nostra pudici
Repulerint mores? quoties, ego, dixerit, uni
Servor, ubicumque est : uni mea gaudia servo?
Cui non ista fide satis experientia sano　45
Magna foret? non sum contentus; et in mea pugno
Vulnera; dum census dare me promitto loquendo,
Muneraque augendo tandem dubitare coëgi.
Exclamo : Mala pectora detego, fictus adulter

Procris ; si je sais prévoir l'avenir, tu voudras un jour ne l'avoir point recouvrée. » Dans son courroux, elle me renvoya à mon épouse.

Je me rappelle en chemin le discours de la déesse ; et la crainte que Procris n'ait pas bien observé la foi jurée, s'empare de mon âme : ses attraits, son âge, rendaient un adultère vraisemblable ; ses mœurs pudiques détruisaient ce soupçon : mais quoi ! j'avais été absent, et celle que je quittais fournissait elle-même un exemple d'infidélité. Enfin nous craignons tout, quand nous aimons ; je forme la résolution de chercher des sujets de chagrins, et d'attaquer sa vertu par des présens. L'aurore elle-même favorise mes jalouses alarmes ; elle change mes traits ; je crois avoir senti ce changement s'opérer en moi. Assuré de n'être point reconnu, j'entre dans la ville de Minerve, et sous mon propre toit ; la maison même était sans reproche ; tout y offrait des signes de pudeur et d'inquiétude sur le sort du maître qu'on avait perdu. Malgré mille artifices, j'eus peine à m'introduire auprès de la fille d'Érecthée ; à sa vue je restai interdit ; je renonçai presque aux épreuves que je méditais ; malheureusement je réprimai le désir de lui révéler tout, et de lui donner, ainsi que je le devais, un tendre baiser ; elle était triste, mais aucune femme ne peut être plus belle que Procris dans la douleur ; elle regrettait l'époux qui lui était ravi ; juge, mon cher Phocus, de sa beauté, puisque l'affliction même lui seyait bien ; te raconterai-je combien de fois sa sévérité repoussa mes tentatives, combien de fois elle me dit : « Je suis réservée à un seul homme, quelque part qu'il soit ; je lui réserve tous mes transports. » Quel mortel sensé n'eût été satisfait de ces preuves de fidélité ; je ne le suis pas, je combats, pour me blesser moi-même, et à force de promesses, d'in-

Verus eram conjux : me , perfida , teste teneris.   5o

Illa'nihil : tacito tantummodo victa pudore

Insidiosa malo cum conjuge limina fugit :

Offensàque mei genus omne perosa virorum

Montibus errabat , studiis operata Dianæ ,

Tum mihi deserto violentior ignis ad ossa   55

Pervenit : orabam veniam , et peccâsse fatebar,

Et potuisse datis simili succumbere culpæ

Me quoque muneribus , si munera tanta darentur.

Hoc mihi confesso læsum priùs ulta pudorem,

Redditur , et dulces concorditer exigit annos.   6o

Dat simul et jaculum , manibus quod cernis habere. (1)

     Sole fere radiis feriente cacumina primis ,

Venatum in sylvas juveniliter ire solebam :

Nec mecum famuli , nec equì , nec naribus acres

Ire canes , nec lina sequi nodosa solebant.   65

Tutus eram jaculo : sed cùm satiata ferinæ

Dextera cædis erat , repetebam frigus et umbram ,

Et , quæ de gelidis exibat vallibus , auram.

Aura petebatur medio mihi lenis in æstu :

Auram exspectabam : requies erat illa labori.   7o

Aura , (recordor enim) venias , cantare solebam :

Meque juves , intresque sinus , gratissima , nostros :

Utque facis , relevare velis , quibus urimur , æstus.

Forsitan addideram (sic me mea fata trahebant)

Blanditias plures : et , tu mihi magna voluptas ,   75

Dicere sum solitus : tu me reficisque fovesque :

Tu facis , ut silvas , ut amem loca sola , meoque

---

(1) Ed. de Fontanelle. — *Quod (cernis) habemus.* Burm

stances, de dons, je parvins à la faire hésiter. « Femme perverse, m'écriai-je, je découvre le fond de ton cœur; j'étais un feint adultère, je suis ton époux véritable. Perfide, c'est moi qui suis mon témoin. » Elle ne répond rien; seulement elle cède à une honte secrète, elle s'éloigne en même temps et d'un lieu rempli d'embûches, et de son méchant époux; l'offense qu'elle m'a faite lui inspire de la haine pour tous les hommes; elle erre sur les montagnes, uniquement livrée aux exercices de Diane. Alors, quand je me vis abandonné, ma flamme en devint plus violente, et pénétra plus avant dans mon cœur; je demandais mon pardon, j'avouais ma faute, j'avouais que j'aurais pu moi-même succomber à des présens, si l'on pouvait en offrir d'aussi riches que les miens. Cet aveu qui vengeait d'abord sa pudeur humiliée, me rendit sa foi, et depuis elle coula avec moi, au sein de la concorde, des années pleines de douceur; de plus elle me donna ce javelot, que vous voyez dans mes mains.

Tous les matins, lorsqu'à peine le soleil frappait de ses premiers rayons le sommet des montagnes, j'allais, animé d'une jeune ardeur, chasser dans les forêts; je n'avais avec moi ni esclaves, ni chevaux, ni chiens au subtil odorat, ni toiles semées de nœuds; mon javelot, sûr de ses coups, me suffisait; mais quand mon bras était rassasié de carnage, je cherchais l'ombre et la fraîcheur qui s'élevait du fond des vallées. Au milieu des chaleurs de l'été, j'implorais la fraîcheur, sous le nom d'Aura : j'attendais la douce Aura; elle me délassait de mes fatigues. « Aura, m'écriais-je souvent, car je me souviens de mes discours, viens, soulage-moi, entre mollement dans mon sein, et calme, comme tu sais le faire, les ardeurs qui me brûlent. » Peut-être, entraîné par mon destin, aurai-je ajouté quelques

Spiritus iste tuus semper capiatur ab ore.
Vocibus ambiguis deceptam præbuit aurem
Nescio quis, nomenque auræ tam sæpe vocatum   80
Esse putat Nymphæ, Nympham mihi credit amari.
Criminis extemplo ficti temerarius index
Procrin adit : linguâque refert audita susurrâ.
Credula res amor est, subito collapsa dolore,
Ut mihi narratur, cecidit : longoque refecta   85
Tempore, se miseram, se fati dixit iniqui :
Deque fide questa est ; et crimine concita vano,
Quod nihil est, metuit ; metuit sine corpore nomen :
Et dolet infelix veluti de pellice verâ.
Sæpe tamen dubitat ; metuitque miserrima falli :   90
Indicioque fidem negat ; et, nisi viderit ipsa,
Damnatura sui non est delicta mariti.
Postera depulerant Auroræ lumina noctem ;.
Egredior, silvasque peto : victorque per herbas,
Aura, veni, dixi, nostroque medere labori.   95
Et subito gemitus inter mea verba videbar
Nescio quos audisse. Veni, tamen, optima, dixi.
Fronde levem rursus strepitum faciente caducâ,
Sum ratus esse feram : telumque volatile misi.
Procris erat : medioque tenens in pectore vulnus,   100
Hei mihi ! conclamat : vox est ubi cognita fidæ
Conjugis, ad vocem præceps amensque cucurri.
Semianimem, et sparsas fœdantem sanguine vestes,
Et sua (me miserum !) de vulnere dona trahentem
Invenio : corpus que meo mihi carius ulnis   105
Mollibus attollo, scissaque a pectore veste
Vulnera sæva ligo : conorque inhibere cruorem :
Neu me morte suâ sceleratum deserat, oro.
Viribus illa carens, et jam moribunda, coëgit

autres termes affectueux. J'ai dit plus d'une fois : « Tu es ma volupté suprême, tu me ranimes, tu me caresses ; j'aime à cause de toi les forêts, les lieux solitaires, et je me plais à respirer tous les jours ton souffle suave. » Quelqu'un, j'ignore qui, prêta l'oreille à ces expressions ambiguës, qui le trompèrent. Il crut que le nom d'Aura, si souvent invoqué, était celui d'une nymphe, et qu'une nymphe était aimée de moi. Ce téméraire dénonciateur d'un forfait qu'il imagine, au moment même va trouver Procris, et lui raconte à voix basse ce qu'il a entendu. L'amour est de crédule nature. Procris, m'a t'on dit, tomba évanouie de douleur : puis revenant à elle, après un long temps, elle s'appelle malheureuse, et victime d'un sort ennemi, elle se plaint de la foi violée. Frappée d'un crime faux, elle craint ce qui n'est rien, elle craint un nom sans corps : l'infortunée s'afflige, comme si elle avait une rivale : cependant elle a souvent des doutes ; elle appréhende, dans l'excès de son malheur, d'avoir été trompée, elle ne veut point croire à ces rapports, et jusqu'à ce qu'elle voie elle-même la faute de son mari, elle ne le condamnera pas.

Le lendemain, dès que l'aurore brillante eut chassé la nuit, je sors, je vais dans les bois, et bientôt, victorieux et content, je m'étends sur l'herbe, et je dis : « Viens, Aura, viens remédier à ma peine. » Soudain pendant que je parlais, je crus avoir entendu quelques gémissemens. « Viens cependant, ma chère, » m'écriai-je encore ; et le frémissement des feuilles tombantes ayant frappé mon oreille une seconde fois, je me persuade qu'une bête féroce est là ; je lance mon rapide javelot ; c'était Procris. « Ah ! malheureuse, » s'écria-t-elle en portant la main sur une blessure qu'elle avait reçue au milieu du cœur. Aussitôt que je

Hæc se paucâ loqui ; per nostri fœdera lecti ;   110
Perque deos supplex oro , superosque , meosque ;
Per si quid merui de te bene ; perque manentem
Nunc quoque , cùm pereo ; causam mihi mortis , amorem
Ne thalamis auram patiare innubere nostris.
Dixit : et errorem tum denique nominis esse   115
Et sensi , et docui , sed quid docuisse juvabat ?
Labitur ; et parvæ fugiunt cum sanguine vires.
Dumque aliquid spectare potest , me spectat et in me
Infelicem animam , nostroque exhalat in ore.
Sed vultu meliore mori secura videtur.   120

———

V. 4. *Si faciem moresque velis conferre duarum ,*
   Dignior ista rapi , etc.
      Si vous les comparez l'une à l'autre pour les appas et
   pour la sagesse , Procris méritait mieux d'être enlevée.

C'est bien mal à propos qu'Orythie , qui , suivant Ovide
lui-même , repoussa toujours les empressemens et les prières de Borée , et fut enlevée malgré elle , est mise ici pour
les mœurs (mores) au-dessous de Procris , dont la vertu
ne put résister long-temps à des instances galantes , et surtout à de riches présens. Ovide se contredit , et de plus
il rend son Céphale injuste ; il le compromet encore , lorsqu'il lui fait dire que Procris méritait mieux qu'une autre
d'être enlevée. Cette pensée , où l'on regrette qu'un rapt
n'ait pas été fait , semble supposer des principes peu dé-
licats.

V. 14. *Quod teneat lucis , teneat confinia noctis.*
      La déesse qui termine la nuit , et commence le jour.

Littéralement le texte dit : *qui tient les confins du jour*

reconnais la voix de ma fidèle épouse, je cours de ce côté, hors de moi; je la trouve expirante, souillant sa robe de sang, hélas! et, tirant de son sein le fatal présent qu'elle m'a fait, je soulève doucement ce corps qui m'est plus cher que le mien; je déchire le vêtement qui couvre sa poitrine; je ferme la plaie, je tâche d'arrêter le sang; et je la supplie de ne pas me laisser avec le désespoir d'être l'auteur détestable de sa mort. Affaiblie, mourante, elle se force à parler, et me dit ce peu de mots : « Au nom de notre hymen, des dieux du ciel et de ceux des enfers où je descends, au nom de la reconnaissance, si j'en ai mérité de vous, au nom de l'amour qui cause ma mort, et que je conserve en périssant, qu'Aura ne me succède pas dans le lit nuptial. » Elle dit et je compris enfin; et je lui fis connaître qu'un nom avait produit son erreur. Mais à quoi sert de l'avoir détrompée? elle tombe, ses forces s'épuisent avec son sang; tant qu'elle peut regarder quelque chose, elle me regarde; elle exhale son dernier soupir sur mes lèvres, et, sûre de mon amour, elle meurt avec un visage plus calme.

———

et de la nuit. Figure recherchée, qui étonne et trouble l'esprit. On ne peut guère agréer l'idée du jour et de la nuit comparés à des contrées qui ont des frontières; ce n'est point là le naturel, l'expression claire et facile de Virgile; et puis le poëte, dans ce vers ambitieux, se met et se montre à la place du personnage, qui est ami simple des bois et chasseur assidu.

V. 23. *Esse metus cœpit ne jura jugalia conjux*
       Non bene servasset.

        La crainte que Procris n'eût pas bien conservé la foi conjugale s'empara de mon âme.

On ne s'attendait guère à une crainte née si brusquement, et si mal fondée, de la part d'un mari qui vient de dire : «on m'appelait heureux, et je l'étais.» Mais comme la jalousie n'est que trop souvent compagne d'un violent amour, Ovide aurait tout concilié, en faisant précéder le récit de ces défiances malheureuses par cette vérité frappante et connue qu'il a placée plus bas.

V. 27. *Cuncta timemus amantes.*
Nous craignons tout, quand nous aimons.

V. 46. *In mea vulnera pugno.*
Je combats pour me blesser moi-même.

Voilà encore Ovide qui paraît, au lieu de Céphale, ou plutôt qui fait faire à cet infortuné mari, en proie aux plus tristes inquiétudes, une antithèse bien spirituelle, bien déplacée, bien froide.

V. 48. *Tandem dubitare coegi.*
Je parviens à la faire hésiter.

On a droit de reprocher au poëte, d'avoir représenté Procris comme capable d'une faiblesse déshonorante, et sur le point de trahir des sermens sacrés. Dès lors elle intéresse moins, et l'effet que pouvait produire sa mort tragique en est atténué d'autant. Innocente et parfaitement pure, on la plaindrait bien davantage. Céphale, ravi par l'Aurore, est, pour ainsi dire, forcément infidèle ; aussi lui est-on plus favorable.

V. 56. ...... *Orabam veniam et peccâsse fatebar,*
Et potuisse datis...... succumbere culpæ
...... *Muneribus.......*
Je demandais mon pardon, j'avouais ma faute. J'avouais que j'aurais pu moi-même succomber à des présens.

Céphale qui va chercher si loin son épouse coupable ;

qui lui demande humblement pardon, qui confesse un défaut qu'il n'a pas, se dégrade lui-même, ce qui donne pour lui presque de l'indifférence, et les lecteurs qui perdent de leurs bonnes dispositions à son égard, perdent aussi de leur plaisir ; enfin, il fallait imaginer un autre expédient pour ramener Procris.

Inventez des ressorts qui puissent m'attacher.

Il était si aisé à cet époux de rejeter sur son excessive passion, les épreuves peu réfléchies, auxquelles il avait eu recours.

Ce n'est pas qu'il n'y ait quelquefois de la délicatesse à vouloir partager les torts de l'objet qu'on aime : mais ce tort, l'amour des présens, toujours a été regardé comme propre à rendres méprisables ceux qui l'ont, et plus encore ceux qui l'avouent. C'est bien pis si cet aveu est sans fondement et tout gratuit.

J'ajoute que Procris, dans sa fuite et dans cette réconciliation, me paraît plus vaine qu'éprise et repentante.

V. 104. *Et sua....... de vulnere dona trahentem.*
Elle retire ses dons de sa blessure, pour elle retire de sa blessure le javélot qu'elle m'a donné.

Il faut avouer que le tour énigmatique et la futile antithèse employés ici, conviennent bien peu dans une occasion pareille, où il ne fallait, pour toucher, qu'être clair.

~~~~~~

LES FILLES DE MINÉE.

PAR LA FONTAINE.

(FABLE 29.)

———————

Je chante dans mes vers les filles de Minée,
Troupe aux arts de Pallas dès l'enfance adonnée ;
Et de qui le travail fit entrer en courroux
Bacchus, à juste droit, de ses honneurs jaloux.
Tout dieu veut aux humains se faire reconnaître.　　5
On ne voit point les champs répondre aux soins du maître,
Si dans les jours sacrés, autour de ses guérets,
Il ne marche en triomphe en l'honneur de Cérès.

La Grèce était en jeux pour le fils de Sémèle.
Seules on vit trois sœurs condamner ce saint zèle.　　10
Alcithoé, l'aînée, ayant pris ses fuseaux,
Dit aux autres : Quoi donc ? toujours des dieux nouveaux !
L'Olympe ne peut plus contenir tant de têtes,
Ni l'an fournir des jours assez pour tant de fêtes.
Je ne dis rien des vœux dus aux travaux divers　　15
De ce dieu qui purgea de monstres l'univers :
Mais à quoi sert Bacchus, qu'à causer des querelles ?

Affaiblir les plus sains, enlaidir les plus belles ?
Souvent mener au Styx par de tristes chemins ?
Et nous irons chômer la peste des humains ? 20
Pour moi, j'ai résolu de poursuivre ma tâche.
Se donne ce jour-ci qui voudra du relâche,
Ces mains n'en prendront point. Je suis encor d'avis
Que nous rendions le temps moins long par des récits.
Toutes trois, tour à tour, racontons quelque histoire. 25
Je pourrais retrouver sans peine en ma mémoire
Du monarque des dieux les divers changemens ;
Mais, comme chacun sait tous ces événemens,
Disons ce que l'amour inspire à nos pareilles :
Non toutefois qu'il faille, en contant ses merveilles, 3o
Accoutumer nos cœurs à goûter son poison,
Car, ainsi que Bacchus, il trouble la raison.
Récitons-nous les maux que ses biens nous attirent.
Alcithoé se tut, et ses sœurs applaudirent.
Après quelques momens, haussant un peu la voix : 35

Dans Thèbes, reprit-elle, on conte qu'autrefois
Deux jeunes cœurs s'aimaient d'une égale tendresse :
Pyrame, c'est l'amant, eut Thisbé pour maîtresse.
Jamais couple ne fut si bien assorti qu'eux :
L'un bien fait, l'autre belle, agréables tous deux, 4o
Tous deux dignes de plaire, ils s'aimèrent sans peine ;
D'autant plutôt épris qu'une invincible haine
Divisant leurs parens, ces deux amans unit,
Et concourut aux traits dont l'Amour se servit.
Le hasard, non le choix, avait rendu voisines 45
Leurs maisons, où régnaient ces guerres intestines :
Ce fut un avantage à leurs désirs naissans.
Le cours en commença par des jeux innocens;

La première étincelle eût embrasé leur âme,
Qu'ils ignoraient encor ce que c'était que flamme.　　50
Chacun favorisait leurs transports mutuels,
Mais c'était à l'insu de leurs parens cruels.
La défense est un charme : on dit qu'elle assaisonne
Les plaisirs, et surtout ceux que l'amour nous donne.
D'un des logis à l'autre, elle instruisit du moins　　55
Nos amans à se dire avec signes leurs soins.
Ce léger réconfort ne les put satisfaire ;
Il fallut recourir à quelque autre mystère.
Un vieux mur entr'ouvert séparait leurs maisons ;
Le temps avait miné ses antiques cloisons :　　60
Là, souvent de leurs maux ils déploraient la cause ;
Les paroles passaient, mais c'était peu de chose.
Se plaignant d'un tel sort, Pyrame dit un jour :
Chère Thisbé, le ciel veut qu'on s'aide en amour.
Nous avons à nous voir une peine infinie :　　65
Fuyons de nos parens l'injuste tyrannie ;
J'en ai d'autres en Grèce, ils se tiendront heureux
Que vous daigniez chercher un asile chez eux :
Leur amitié, leurs biens, leur pouvoir, tout m'invite
A prendre le parti dont je vous sollicite.　　70
C'est votre seul repos qui me le fait choisir,
Car je n'ose parler, hélas ! de mon désir :
Faut-il à votre gloire en faire un sacrifice ?
De crainte de vains bruits, faut-il que je languisse ?
Ordonnez, j'y consens ; tout me semblera doux ;　　75
Je vous aime, Thisbé, moins pour moi que pour vous.
J'en pourrais dire autant, lui repartit l'amante,
Votre amour étant pure encor que véhémente,
Je vous suivrai partout : notre commun repos
Me doit mettre au-dessus de tous les vains propos.　　80

Tant que de ma vertu je serai satisfaite,
Je rirai des discours d'une langue indiscrète,
Et m'abandonnerai sans crainte à votre ardeur,
Contente que je suis des soins de ma pudeur.
Jugez ce que sentit Pyrame à ces paroles ! 85
Je n'en fais point ici de peintures frivoles.
Suppléez au peu d'art que le ciel mit en moi :
Vous-mêmes peignez-vous cet amant hors de soi.
Demain, dit-il, il faut sortir avant l'aurore ;
N'attendez point les traits que son char fait éclore : 90
Trouvez-vous aux degrés du terme de Cérès :
Là, nous nous attendrons, le rivage est tout près ;
Une barque est au bord, les rameurs, le vent même,
Tout, pour notre départ, montre une hâte extrême ;
L'augure en est heureux, notre sort va changer ; 95
Et les dieux sont pour nous, si je sais bien juger.
Thisbé consent à tout : elle en donne pour gage
Deux baisers, par le mur, arrêtés au passage.
Heureux mur ! tu devais servir mieux leur désir ;
Ils n'obtinrent de toi qu'une ombre de plaisir. 100
Le lendemain Thisbé sort et prévient Pyrame ;
L'impatience, hélas, maîtresse de son âme,
La fait arriver seule et sans guide aux degrés ;
L'ombre et le jour luttaient dans les champs azurés.
Une lionne vint, monstre imprimant la crainte 105
D'un carnage récent sa gueule est toute teinte.
Thisbé fuit, et son voile emporté par les airs,
Source d'un sort cruel, tombe dans ces déserts.
La lionne le voit, le souille, le déchire ;
Et l'ayant teint de sang, aux forêts se retire. 110
Thisbé s'était cachée en un buisson épais.
Pyrame arrive et voit ces vestiges tout frais.

7

O dieux! que devient-il ? Un froid court dans ses veines :
Il aperçoit le voile étendu dans ces plaines :
Il le lève : et le sang, joint aux traces des pas,   115
L'empêche de douter d'un funeste trépas.
Thisbé, s'écria-t-il, Thisbé, je t'ai perdue !
Te voilà, par ma faute, aux enfers descendue !
Je l'ai voulu : c'est moi qui suis le monstre affreux
Par qui tu t'en vas voir le séjour ténébreux :   120
Attends-moi ; je te vais rejoindre aux rives sombres :
Mais m'oserai-je à toi présenter chez les ombres ?
Jouis au moins du sang que je te vais offrir,
Malheureux de n'avoir qu'une mort à souffrir !
Il dit, et d'un poignard coupe aussitôt sa trame.   125
Thisbé vient : Thisbé voit tomber son cher Pyrame.
Que devient-elle aussi ? Tout lui manque à la fois,
Les sens et les esprits aussi-bien que la voix.
Elle revient enfin ; Clotho, pour l'amour d'elle,
Laisse à Pyrame ouvrir sa mourante prunelle.   130
Il ne regarde point la lumière des cieux :
Sur Thisbé seulement il tourne encor les yeux.
Il voudrait lui parler, sa langue est retenue :
Il témoigne mourir content de l'avoir vue.
Thisbé prend le poignard ; et découvrant son sein,   135
Je n'accuserai point, dit-elle, ton dessein,
Bien moins encor l'erreur de ton âme alarmée ;
Ce serait t'accuser de m'avoir trop aimée.
Je ne t'aime pas moins : tu vas voir que mon cœur
N'a non plus que le tien mérité son malheur.   140
Cher amant, reçois donc ce triste sacrifice.
Sa main et le poignard font alors leur office :
Elle tombe, et tombant, range ses vêtemens,
Dernier trait de pudeur, même aux derniers momens.

Les nymphes d'alentour lui donnèrent des larmes ;   145
Et du sang des amans teignirent par des charmes
Le fruit d'un mûrier proche, et blanc jusqu'à ce jour,
Éternel monument d'un si parfait amour.
Cette histoire attendrit les filles de Minée :
L'une accusait l'amant, l'autre la destinée ;   150
Et toutes, d'une voix, conclurent que nos cœurs
De cette passion devraient être vainqueurs.
Elle meurt quelquefois avant qu'être contente :
L'est-elle ? elle devient aussitôt languissante.
Sans l'hymen on n'en doit recueillir aucun fruit,   155
Et cependant l'hymen est ce qui la détruit.
Il y joint, dit Climène, une âpre jalousie,
Poison le plus cruel dont l'âme soit saisie.
Je n'en veux pour témoin que l'erreur de Procris.
Alcithoé ma sœur attachant vos esprits,   160
Des tragiques amours vous a conté l'élite ;
Celles que je vais dire ont aussi leur mérite.
J'accourcirai le temps, ainsi qu'elle, à mon tour.
Peu s'en faut que Phébus ne partage le jour ;
A ses rayons perçans opposons quelques voiles :   165
Voyons combien nos mains ont avancé nos toiles.
Je veux que sur la mienne, avant que d'être au soir,
Un progrès tout nouveau se fasse apercevoir :
Cependant donnez-moi quelque heure de silence,
Ne vous rebutez point de mon peu d'éloquence ;   170
Souffrez-en les défauts ; et songez seulement
Au fruit qu'on peut tirer de cet événement.

Céphale aimait Procris ; il était aimé d'elle :
Chacun se proposait leur hymen pour modèle ;
Ce qu'amour fait sentir de piquant et de doux,   175

Comblait abondamment les vœux de ces époux.
Ils ne s'aimaient que trop : leurs soins et leur tendresse
Approchaient des transports d'amant et de maîtresse.
Le Ciel même envia cette félicité,
Céphale eut à combattre une divinité.   180
Il était jeune et beau, l'Aurore en fut charmée,
N'étant pas à ces biens chez elle accoutumée.
Nos belles cacheraient un pareil sentiment :
Chez les divinités on en use autrement.
Celle-ci déclara son amour à Céphale.   185
Il eut beau lui parler de la foi conjugale ;
Les jeunes déités, qui n'ont qu'un vieil époux,
Ne se soumettent point à ces lois comme nous.
La déesse enleva ce héros si fidèle :
De modérer ses feux il pria l'immortelle.   190
Elle le fit : l'amour devint simple amitié :
Retournez, dit l'Aurore, avec votre moitié ;
Je ne troublerai plus votre ardeur ni la sienne :
Recevez seulement ces marques de la mienne.
(C'était un javelot toujours sûr de ses coups.)   195
Un jour cette Procris, qui ne vit que pour vous,
Fera le désespoir de votre âme charmée,
Et vous aurez regret de l'avoir tant aimée.
Tout oracle est douteux, et porte un double sens ;
Celui-ci mit d'abord notre époux en suspens :   200
J'aurai regret aux vœux que j'ai formés pour elle !
Et comment ? n'est-ce point qu'elle m'est infidèle ?
Ah ! finissent mes jours plutôt que de le voir !
Éprouvons toutefois ce que peut son devoir.
Des mages aussitôt consultant la science,   205
D'un feint adolescent il prend la ressemblance,
S'en va trouver Procris, élève jusqu'aux cieux

Ses beautés, qu'il soutient être dignes des dieux ;
Joint les pleurs aux soupirs, comme un amant sait faire,
Et ne peut s'éclaircir par cet art ordinaire.   210
Il fallut recourir à ce qui porte coup,
Aux présens : il offrit, donna, promit beaucoup,
Promit tant que Procris lui parut incertaine.
Toute chose a son prix ; voilà Céphale en peine ;
Il renonce aux cités, s'en va dans les forêts,   215
Conte aux vents, conte aux bois ses déplaisirs secrets ;
S'imagine, en chassant, dissiper son martyre :
C'était pendant ces mois où le chaud qu'on respire,
Oblige d'implorer l'haleine des zéphyrs.
Doux vents, s'écriait-il, prêtez-moi des soupirs ;   220
Venez, légers démons, par qui nos champs fleurissent.
Aure, fais-les venir : je sais qu'ils t'obéissent ;
Ton emploi dans ces lieux est de tout ranimer.
On l'entendit, on crut qu'il venait de nommer
Quelque objet de ses vœux, autre que son épouse.   225
Elle en est avertie, et la voilà jalouse.
Maint voisin charitable entretient ses ennuis :
Je ne le puis plus voir, dit-elle, que les nuits ;
Il aime donc cette Aure, et me quitte pour elle ?
Nous vous plaignons ; il l'aime, et sans cesse il l'appelle ; 230
Les échos de ces lieux n'ont plus d'autres emplois
Que celui d'enseigner le nom d'Aure à nos bois.
Dans tous les environs le nom d'Aure résonne.
Profitez d'un avis qu'en passant on vous donne :
L'intérêt qu'on y prend est de vous obliger.   235
Elle en profite ! hélas ! et ne fait qu'y songer.
Les amans sont toujours de légère croyance ;
S'ils pouvaient conserver un rayon de prudence,
(Je demande un grand point, la prudence en amour !)

Ils seraient aux rapports insensibles et sourds.   240
Notre épouse ne fut l'une ni l'autre chose :
Elle se lève un jour ; et lorsque tout repose,
Que de l'Aube au teint frais la charmante douceur
Force tout au sommeil, hormis quelque chasseur,
Elle cherche Céphale : un bois l'offre à sa vue.   245
Il invoque déjà cette Aure prétendue.
Viens me voir, disait-il, chère déesse, accours :
Je n'en puis plus, je meurs, fais que par ton secours
La peine que je sens se trouve soulagée.
L'épouse se prétend par ces mots outragée :   250
Elle croit y trouver, non le sens qu'ils cachaient,
Mais celui seulement que ses soupçons cherchaient.
O triste jalousie ! ô passion amère !
Fille d'un fol amour, que l'erreur a pour mère !
Ce qu'on voit par tes yeux cause assez d'embarras,   255
Sans voir encor par eux ce que l'on ne voit pas.
Procris s'était cachée en la même retraite
Qu'un faon de biche avait pour demeure secrète :
Il en sort ; et le bruit trompe aussitôt l'époux.
Céphale prend le dard, toujours sûr de ses coups,   260
Le lance en cet endroit, et perce sa jalouse :
Malheureux assassin d'une si chère épouse !
Un cri lui fait d'abord soupçonner quelque erreur ;
Il accourt, voit sa faute ; et, tout plein de fureur,
Du même javelot il veut s'ôter la vie.   265
L'Aurore et les Destins arrêtent cette envie.
Cet office lui fut plus cruel qu'indulgent.
L'infortuné mari, sans cesse s'affligeant,
Eût accru par ses pleurs le nombre des fontaines,
Si la déesse enfin, pour terminer ses peines,   270
N'eût obtenu du Sort que l'on tranchât ses jours :

Triste fin d'un hymen bien divers en son cours !
Fuyons ce nœud, mes sœurs ; je ne puis trop le dire.
Jugez par le meilleur quel peut être le pire.
S'il ne nous est permis d'aimer que sous ses lois,   275
N'aimons point. Ce dessein fut pris de toutes trois ;
Toutes trois pour chasser de si tristes pensées,
A revoir leur travail se montrent empressées.
Climène en un tissu riche, pénible et grand,
Avait presque achevé le fameux différent   280
D'entre le dieu des eaux et Pallas la savante.
On voyait en lointain une ville naissante.
L'honneur de la nommer entre eux deux contesté,
Dépendait du présent de chaque déité.
Neptune fit le sien d'un symbole de guerre.   285
Un coup de son trident fit sortir de la terre
Un animal fougueux, un coursier plein d'ardeur.
Chacun de ce présent admirait la grandeur.
Minerve l'effaça, donnant à la contrée,
L'olivier, qui de paix est la marque assurée :   290
Elle emporta le prix, et nomma la cité.
Athène offrit ses vœux à cette déité.
Pour les lui présenter on choisit cent pucelles ;
Toutes sachant broder, aussi sages que belles.
Les premières portaient force présens divers ;   295
Tout le reste entourait la déesse aux yeux pers.
Avec un doux souris elle acceptait l'hommage.
Climène ayant enfin reployé son ouvrage,
La jeune Iris commence en ces mots son récit.

Rarement pour les pleurs mon talent réussit ;   300
Je suivrai toutefois la matière imposée.
Télamon pour Cloris avait l'âme embrasée :

Cloris pour Télamon brûlait de son côté.
La naissance, l'esprit, les grâces, la beauté,
Tout se trouvait en eux, hormis ce que les hommes   305
Font marcher avant tout dans le siècle où nous sommes.
Ce sont les biens, c'est l'or, mérite universel.
Ces amans, quoiqu'épris d'un désir mutuel,
N'osaient au blond Hymen sacrifier encore,
Faute de ce métal que tout le monde adore.   310
Amour s'en passerait, l'autre état ne le peut :
Soit raison, soit abus, le Sort ainsi le veut.
Cette loi qui corrompt les douceurs de la vie,
Fut par le jeune amant d'une autre erreur suivie.
Le démon des combats vint troubler l'univers.   315
Un pays contesté par des peuples divers
Engagea Télamon dans un dur exercice.
Il quitta pour un temps l'amoureuse milice.
Cloris y consentit, mais non pas sans douleur.
Il voulut mériter son estime et son cœur.   320
Pendant que ses exploits terminent la querelle,
Un parent de Cloris meurt, et laisse à la belle
D'amples possessions et d'immenses trésors :
Il habitait les lieux où Mars régnait alors.
La belle s'y transporte, et partout révérée,   325
Partout des deux partis Cloris considérée,
Voit de ses propres yeux les champs où Télamon
Venait de consacrer un trophée à son nom.
Lui, de sa part accourt; et tout couvert de gloire
Il offre à ses amours le fruit de sa victoire.   330
Leur rencontre se fit non loin de l'élément
Qui doit être évité de tout heureux amant.
Dès ce jour l'âge d'or les eût joints sans mystère :
L'âge de fer en tout a coutume d'en faire.

Cloris ne voulut donc couronner tous ces biens   335
Qu'au sein de sa patrie, et de l'aveu des siens.
Tout chemin, hors la mer, allongeant leur souffrance,
Ils commettent aux flots cette douce espérance.
Zéphyre les suivait, quand, presque en arrivant,
Un pirate survient, prend le dessus du vent ;   340
Les attaque, les bat. En vain, par sa vaillance,
Télamon jusqu'au bout porte sa résistance :
Après un long combat son parti fut défait,
Lui pris ; et ses efforts n'eurent pour tout effet
Qu'un esclavage indigne. O dieux, qui l'eût pu croire ! 345
Le Sort, sans respecter ni son sang, ni sa gloire,
Ni son bonheur prochain, ni les vœux de Cloris,
Le fit être forçat aussitôt qu'il fut pris.
Le Destin ne fut pas à Cloris si contraire ;
Un célèbre marchand l'achète du corsaire :   350
Il l'emmène ; et bientôt la belle, malgré soi,
Au milieu de ses fers range tout sous sa loi.
L'épouse du marchand la voit avec tendresse :
Ils en font leur compagne, et leur fils sa maîtresse.
Chacun veut cet hymen : Cloris à leurs désirs   355
Répondait seulement par de profonds soupirs.
Damon, c'était ce fils, lui tient ce doux langage :
Vous soupirez toujours, toujours votre visage,
Baigné de pleurs, nous marque un déplaisir secret.
Qu'avez-vous ? vos beaux yeux verraient-ils à regret   360
Ce que peuvent leurs traits, et l'excès de ma flamme ?
Rien ne vous force ici, découvrez-nous votre âme ;
Cloris, c'est moi qui suis l'esclave, et non pas vous ;
Ces lieux, à votre gré, n'ont-ils rien d'assez doux ?
Parlez, nous sommes prêts à changer de demeure,   365
Mes parens m'ont promis de partir tout à l'heure.

Regrettez-vous les biens que vous avez perdus ?
Tout le nôtre est à vous, ne le dédaignez plus :
J'en sais qui l'agréeraient ; j'ai su plaire à plus d'une :
Pour vous, vous méritez tout une autre fortune :   370
Quelle que soit la nôtre, usez-en : vous voyez
Ce que nous possédons, et nous-même à vos pieds.
Ainsi parle Damon, et Cloris tout en larmes
Lui répond en ces mots accompagnés de charmes :
Vos moindres qualités, et cet heureux séjour,   375
Même aux filles des dieux donneraient de l'amour :
Jugez donc si Cloris, esclave et malheureuse,
Voit l'offre de ces biens d'une âme dédaigneuse.
Je sais quel est leur prix : mais de les accepter,
Je ne puis ; et voudrais vous pouvoir écouter.   380
Ce qui me le défend, ce n'est point l'esclavage :
Si toujours la naissance éleva mon courage,
Je me vois, grâce aux dieux, en des mains où je puis
Garder ces sentimens malgré tous mes ennuis.
Je puis même avouer (hélas ! faut-il le dire ?)   385
Qu'un autre a sur mon cœur conservé son empire.
Je chéris un amant, ou mort, ou dans les fers ;
Je prétends le chérir encor dans les enfers.
Pourriez-vous estimer le cœur d'une inconstante ;
Je ne suis déja plus aimable ni charmante,   390
Cloris n'a plus ces traits que l'on trouvait si doux,
Et, doublement esclave, est indigne de vous.
Touché de ce discours, Damon prend congé d'elle :
Fuyons, dit-il en soi, j'oublirai cette belle ;
Tout passe, et même un jour ses larmes passeront ;   395
Voyons ce que l'absence et le temps produiront.
A ces mots il s'embarque, et, quittant le rivage,
Il court de mer en mer, aborde en lieu sauvage,

Trouve des malheureux de leurs fers échappés,
Et sur le bord d'un bois à chasser occupés. 400
Télamon, de ce nombre, avait brisé sa chaîne :
Aux regards de Damon il se présente à peine,
Que son air, sa fierté, son esprit, tout enfin,
Fait qu'à l'abord Damon admire son destin :
Puis le plaint, puis l'emmène, et puis lui dit sa flamme. 405
D'une esclave, dit-il, je n'ai pu toucher l'âme ;
Elle chérit un mort ! un mort, ce qui n'est plus,
L'emporte dans son cœur ! mes vœux sont superflus.
Là-dessus, de Cloris il lui fait la peinture.
Télamon dans son âme admire l'aventure, 410
Dissimule, et se laisse emmener au séjour
Où Cloris lui conserve un si parfait amour.
Comme il voulait cacher avec soin sa fortune,
Nulle peine pour lui n'était vile et commune.
On apprend leur retour et leur débarquement ; 415
Cloris, se présentant à l'un et l'autre amant,
Reconnaît Télamon sous un faix qui l'accable.
Ses chagrins le rendaient pourtant méconnaissable :
Un œil indifférent à le voir eût erré,
Tant la peine et l'amour l'avaient défiguré. 420
Le fardeau qu'il portait ne fut qu'un vain obstacle ;
Cloris le reconnaît, et tombe à ce spectacle :
Elle perd tous ses sens et de honte et d'amour.
Télamon, d'autre part, tombe presque à son tour.
On demande à Cloris la cause de sa peine, 425
Elle la dit : ce fut sans s'attirer de haine :
Son récit ingénu redoubla la pitié
Dans des cœurs prévenus d'une juste amitié.
Damon dit que son zèle avait changé de face,
On le crut : cependant, quoi qu'on dise et qu'on fasse, 430

D'un triomphe si doux l'honneur et le plaisir
Ne se perd qu'en laissant des restes de désir.
On crut pourtant Damon. Il restreignit son zèle
A sceller de l'hymen une union si belle;
Et, par un sentiment à qui rien n'est égal,   435
Il pria ses parens de doter son rival.
Il l'obtint, renonçant dès lors à l'hyménée.
Le soir étant venu de l'heureuse journée,
Les noces se faisaient à l'ombre d'un ormeau :
L'enfant d'un voisin vit s'y percher un corbeau :   440
Il fait partir de l'arc une flèche maudite,
Perce les deux époux d'une atteinte subite.
Cloris mourut du coup, non sans que son amant
Attirât ses regards en ce dernier moment.
Il s'écrie en voyant finir ses destinées :   445
Quoi ! la Parque a tranché le cours de ses années?
Dieu, qui l'avez voulu, ne suffisait-il pas
Que la haine du Sort avançât mon trépas ?
En achevant ces mots, il acheva de vivre :
Son amour, non le coup, l'obligea de la suivre :   450
Blessé légèrement il passa chez les morts ;
Le Styx vit nos époux accourir sur ses bords ;
Même accident finit leurs précieuses trames :
Même tombe eut leurs corps, même séjour leurs âmes.
Quelques-uns ont écrit (mais ce fait est peu sûr)   455
Que chacun d'eux devint statue et marbre dur.
Le couple infortuné face à face repose.
Je ne garantis point cette métamorphose :
On en doute. On le croit plus que vous ne pensez,
Dit Climène ; et cherchant dans les siècles passés   460
Quelque exemple d'amour et de vertu parfaite,
Tout ceci me fut dit par le sage interprète.

J'admirai, je plaignis ces amans malheureux ;
On les allait unir : tout concourait pour eux ;
Ils touchaient au moment : l'attente en était sûre.   465
Hélas ! il n'en est point de telle en la nature ;
Sur le point de jouir tout s'enfuit de nos mains ;
Les dieux se font un jeu de l'espoir des humains.
Laissons, reprit Iris, cette triste pensée.
La fête est vers sa fin, grace au ciel, avancée ;   470
Et nous avons passé tout ce temps en récits,
Capables d'affliger les moins sombres esprits !
Effaçons, s'il se peut, leur image funeste :
Je prétends de ce jour mieux employer le reste ;
Et dire un changement, non de corps, mais de cœur.   475
Le miracle en est grand : Amour en fut l'auteur :
Il en fait tous les jours de diverse manière.
Je changerai de style en changeant de matière.

Zoon plaisait aux yeux, mais ce n'est pas assez :
      Son peu d'esprit, son humeur sombre,   480
      Rendaient ses talens mal placés :
Il fuyait les cités, il ne cherchait que l'ombre,
Vivait parmi les bois, concitoyen des ours,
Et passait sans aimer les plus beaux de ses jours.
Nous avons condamné l'amour, m'allez-vous dire :   485
J'en blâme en nous l'excès : mais je n'approuve pas
      Qu'insensible aux plus doux appas,
      Jamais un homme ne soupire.
Hé quoi, ce long repos est-il d'un si grand prix ?
Les morts sont donc heureux : ce n'est pas mon avis.   490
Je veux des passions ; et si l'état le pire
      Est le néant, je ne sais point
De néant plus complet qu'un cœur froid à ce point.

Zoon n'aimant donc rien, ne s'aimant pas lui-même,
Vit Iole endormie, et le voilà frappé :   495
   Voilà son cœur développé.
   Amour, par son savoir suprême,
Ne l'eut pas fait amant, qu'il en fit un héros.
Zoon rend grâce au dieu qui troublait son repos :
Il regarde en tremblant cette jeune merveille.   500
   A la fin Iole s'éveille :
   Surprise et dans l'étonnement,
   Elle veut fuir ; mais son amant
   L'arrête, et lui tient ce langage :
Rare et charmant objet, pourquoi me fuyez-vous ?   505
Je ne suis plus celui qu'on trouvait si sauvage :
C'est l'effet de vos traits, aussi puissans que doux :
Ils m'ont l'âme, et l'esprit et la raison donnée.
   Souffrez que, vivant sous vos lois,
J'emploie à vous servir des biens que je vous dois.   510
Iole, à ce discours encor plus étonnée,
Rougit, et sans répondre elle court au hameau,
Et raconte à chacun ce miracle nouveau.
Ses compagnes d'abord s'assemblent autour d'elle :
Zoon suit en triomphe, et chacun applaudit.   515
Je ne vous dirai point, mes sœurs, tout ce qu'il fit :
   Ni ses soins pour plaire à la belle.
Leur hymen se conclut : un satrape voisin,
   Le propre jour de cette fête,
   Enlève à Zoon sa conquête.   520
On ne soupçonnait point qu'il eût un tel dessein.
Zoon accourt au bruit, recouvre ce cher gage,
Poursuit le ravisseur, et le joint, et l'engage
   En un combat de main à main.
Iole en est le prix aussi-bien que le juge.   525

Le satrape vaincu trouve encor du refuge
   En la bonté de son rival.
Hélas ! cette bonté lui devint inutile :
Il mourut du regret de cet hymen fatal.
Aux plus infortunés la tombe sert d'asile.   530
Il prit pour héritière, en finissant ses jours,
Iole, qui mouilla de pleurs son mausolée.
Que sert-il d'être plaint quand l'âme est envolée ?
Ce satrape eût mieux fait d'oublier ses amours.

La jeune Iris à peine achevait cette histoire :   535
Et ses sœurs avouaient qu'un chemin à la gloire
C'est l'amour : on fait tout pour se voir estimé :
Est-il quelque chemin plus court pour être aimé ?
Quel charme de s'ouïr louer par une bouche
Qui même, sans s'ouvrir, nous enchante et nous touche!540
Ainsi disaient ces sœurs. Un orage soudain
Jette un secret remords dans leur profane sein.
Bacchus entre, et sa cour, confus et long cortége :
Où sont, dit-il, ces sœurs à la main sacrilége ?
Que Pallas les défende, et vienne en leur faveur   545
Opposer son égide à ma juste fureur :
Rien ne m'empêchera de punir leur offense :
Voyez, et qu'on se rie après de ma puissance.
Il n'eut pas dit, qu'on vit trois monstres au plancher,
Ailés, noirs et velus, en un coin s'attacher.   550
On cherche les trois sœurs ; on n'en voit nulle trace :
Leurs métiers sont brisés ; on élève en leur place
Une chapelle au dieu père du vrai nectar.
Pallas a beau se plaindre, elle a beau prendre part
Au destin de ces sœurs par elle protégées.   555
Quand quelque dieu voyant ses bontés négligées,

Nous fait sentir son ire, un autre n'y peut rien :
L'Olympe s'entretient en paix par ce moyen.

Profitons, s'il se peut, d'un si fameux exemple.
Chômons : c'est faire assez qu'aller de temple en temple 560
Rendre à chaque immortel les vœux qui lui sont dus :
Les jours donnés aux dieux ne sont jamais perdus.

NOTES

SUR LES MINÉIDES.

LE récit se divise en cinq parties. La première contient les amours de Pyrame et de Thisbé (V. 36-149); la deuxième, celles de Céphale et Procris (V. 173-272); la troisième, la dispute entre Neptune et Minerve sur le droit de nommer la ville que Cécrops venait de fonder (V. 279-299); la quatrième, l'histoire dont le héros s'appelle Télamon (V. 302-478); la cinquième, l'histoire de Zoon qui est tirée de Bocace, du moins quant au fond.

PREMIÈRE PARTIE.

V. 1.   Je chante dans mes vers les filles de Minée ,
   Troupe aux arts de Pallas dès l'enfance adonnée.

Cette formule , *je chante dans mes vers* , semble être consacrée par les poëtes à l'annonce d'une fiction badine , d'un sujet de genre inférieur , autre enfin que ceux qu'on appelle héroïques. On eut dit mal, et l'on n'a pas dit en effet, *je chante dans mes vers la colère d'Achille* , *je chante dans mes vers les combats et cet homme pieux* , etc. Le début du Tasse consiste dans ces mots également nobles et précis : *je chante la*

o

guerre sainte, etc.; celui de Milton dans ceux-ci : *Céleste muse,*
je t'invite à chanter la première désobéissance de l'homme;
Voltaire de même : *je chante ce héros qui régna sur la*
France; etc. On a senti que cette addition languissante et
superflue, *dans mes vers*, affaiblirait *je chante*, ou plutôt le
détruirait, en associant, en identifiant le versificateur avec le
poëte, chantre des héros, amant de l'harmonie, enfant de la
lyre. *Je chante* suffit, il exprime tout.

Ici, *je chante dans mes vers*, qui a une sorte de bonhomie
antique, convient à la condition présumée, aux goûts, aux
mœurs des Minéides. La Fontaine, en préludant, sait bien
que c'est principalement pour tromper l'ennui et s'amuser que
ces travailleuses vont se faire des contes divers.

Troupe est impropre : pour qu'il y ait *troupe*, il faut qu'il
y ait grand nombre, et les filles de Minée ne sont que trois.
On ne s'exprimerait pas autrement que La Fontaine, s'il s'a-
gissait des cinquante Danaïdes. Je demande s'il serait permis
de dire : la troupe des grâces.

V. 3.   Et de qui le travail fit entrer en courroux......

Entrer en courroux, dur à cause des trois *r*; *en en*, consonnance nasale. Voy. v. 8.

V. 5.   Tout dieu veut aux humains se faire reconnaître.

re re tre, consonnance de trois syllabes dures.

V. 6.   On ne voit point les champs répondre aux soins du maître.

Imité de ce vers de Virgile.

> *Tùm demùm tellus votis respondet avari agricolæ.*
> Alors enfin le sol répond aux vœux de l'avide laboureur.

V. 8.   Il ne marche en triomphe en l'honneur de Cérès.

Autre consonnance nasale, *en triomphe en.*

V. 9. La Grèce était en jeux.

Être en jeu (*jeu* étant au singulier), signifie être *compromis*. Voilà la seule occasion où *être en jeu* soit autorisé par l'usage, et c'est une ellipse, *mis* est sous-entendu; la phrase vient de : *mettre en jeu*, expression proverbiale, synonyme de *compromettre*.

Être en jeux (*jeux* étant au plurier), est pour *être dans les jeux*; mais *être dans les jeux* veut dire proprement, non célébrer des jeux, ce qu'entend le poëte, mais y assister, en jouir. La locution employée par le poëte est impropre, inusitée et de plus inélégante.

V. 12. Dit aux autres : quoi donc? toujours des dieux nouveaux !
L'Olympe ne peut plus contenir tant de têtes.

Cet exorde et tout le discours qui le suit expriment parfaitement le dépit d'Alcithoé par la vivacité des exclamations et des interrogations, par l'ellipse, l'inversion et le mouvement que présente ce peu de mots : *se donne ce jour-ci, qui voudra, du relâche ;* par le laconisme et l'image remarquables dans l'hémistiche suivant : *ces mains n'en prendront point.* On voit ces mains impatientes, travaillant déjà ou qui s'apprêtent en hâte à travailler. Observons que le style, sans être bas, a le ton de la conversation familière.

Voilà les sœurs en scène : on connaît leur caractère et leurs principes.

V. 25. Toutes trois, tour à tour, racontons quelque histoire.

L'*r* et le *t* qui dominent dans ce vers le rendent dur; peut-être eût-il été mieux de le faire ainsi : *que chacune à son tour raconte quelque histoire*, encore blâmerais-je mon second hémistiche, s'il n'était de La Fontaine.

V. 26. Je pourrais retrouver sans peine en ma mémoire.

Le mot adverbial *sans peine*, qui, à la place où il est, modifie *retrouver*, qui y tient, qui le suit immédiatement, ne peut par conséquent en être séparé dans la prononciation; ce qui force le lecteur à supprimer la pause qu'exige l'hémistiche, ou à s'en permettre une qui est vicieuse.

Je propose, non sans hésiter, cette autre construction:

Sans peine je pourrais trouver en ma mémoire.

V. 28. Mais comme chacun sait tous ces événemens.

Ovide fait dire, en termes exprès, à son Alcithoé, que la première avanture qu'elle va raconter n'est pas vulgaire, et c'est celle de Pyrame et Thisbé : *hæc vulgaris fabula non est.*

La Minéide de La Fontaine, sans s'énoncer aussi formellement, fait bien entendre ici que les récits qui vont suivre, ne doivent point avoir et n'auront point le défaut d'être usés.

V. 29. Disons ce que l'amour inspire à nos pareilles.

Ce que l'amour fait faire à leurs *pareilles*, c'est-à-dire, aux femmes, ce sont des actes tout à la fois de courage, de dévouement, de générosité et de jalousie, d'emportement, de vengeance : on va le voir.

V. 30. Non toutefois qu'il faille, en contant ses merveilles, etc.

Toutefois semble vieillir; eh pourquoi ? Est-ce que nous avons trop de synonymes ?

V. 32. Car, ainsi que Bacchus, il trouble la raison.

Vers ingénieux, bien approprié à la circonstance, et qu'on aime dans la bouche d'une fille doublement réservée.

V. 35. Après quelques momens, haussant un peu la voix, etc.

Ce dernier trait paraît peu de chose, et il est d'un bon conteur. Il marque l'inflexion de voix que prend Alci[...]

pour attirer l'attention, il donne le ton à quiconque lirait ce poëme devant un auditoire.

> V. 41. .... Ils s'aimèrent sans peine,
> D'autant plus tôt épris, qu'une invincible haine,
> Divisant leurs parens, ces deux amans unit,
> Et concourut aux traits dont l'Amour se servit.

Haine rime mal avec *peine.* La dipthongue *ai* dans *haine* est longue, et celle de *ei* dans *peine* est brève. *Divisant, parens, amans,* consonnances désagréables ! *ces deux amans unit,* inversion forcée et qui sent le latin : on ne se la permettrait pas aujourd'hui.

La pensée qu'exprime ces vers est vraie et fine, mais elle n'est pas sans obscurité. Il faut deviner que ces deux jeunes gens éprouvèrent de la contradiction, qu'ils s'irritèrent de ces obstacles, que l'amour trouve souverainement injustes les dispositions qui le contrarient chez les autres, que la contrainte est pour lui un motif de révolte, un appât.

> V. 45. Le hasard, non le choix, avait rendu voisines,
> Leurs maisons.

Ce serait parler plus convenablement que de dire : *le hasard* avait rendu *leurs parens voisins*, car les maisons ne sont pas voisines par hasard.

> V. 47. Ce fut un avantage à leurs désirs naissans.

Il faudrait *pour* au lieu de *à* ; *avantage* n'a pas aujourd'hui le même régime que l'adjectif *avantageux* ; un avantage *à* est hellénisme et latinisme.

> V. 49. La première étincelle eût embrasé leur âme,
> Qu'ils ignoraient encor ce que c'était que flamme.

Ce mot de *flamme* ne peut guère se passer de l'épithète *amoureuse* ou de telle autre : au reste, je ne voudrais point

du tout de ce substantif. Certes rien n'est moins surprenant
que leur ignorance de ce que c'est que *flamme*. Cette métaphore et l'idée qu'elle énonce ne se présentent pas les premières à des enfans naïfs qui commencent à aimer. Ils disent,
comme Virgile, *dès que je vous vis, je fus perdu*; ou, comme
dans Gesner, ici, imitateur de Théocrite (*id.* 2), *je tremble,
je soupire, je ne puis plus parler.* Il fallait laisser aux romans
de ce temps le mot insipide de *flamme*, dont les écrivains
avaient déjà bien abusé.

V. 51. Chacun favorisait leurs transports mutuels.

Ovide, qui a recueilli et embelli cette histoire, triomphe
dans la peinture qu'il fait du progrès de leur passion : ils se
voient, ils s'aiment, tout confident leur manque; ils sont séparés l'un de l'autre : et, pour pouvoir se parler, une étroite
ouverture dans la muraille est leur seule ressource, moyen
extraordinaire et piquant.

V. 53. La défense est un charme : on dit qu'elle assaisonne
Les plaisirs, et surtout ceux que l'amour nous donne.

Ces vers sont pleins de charmes eux-mêmes; l'expression en
est correcte et élégante, la coupe en est heureuse : c'est d'ailleurs une pensée vraie, ingénieuse, maligne.

V. 56. Nos amans à se dire avec signes leurs soins.

Avec n'est pas exacte à la place de *par*, consacré dans cette
locution *par signes.*
Autrefois *soins*, sans addition, était, dans les vers surtout,
synonyme de *peines d'esprit*, d'*inquiétude*; et, en cela, il
répondait bien à la véritable signification du mot latin *cura*,
dont il est la traduction. Aujourd'hui il veut dire encore *ap-
plication*, *attention* ou *démarches actives.* Pour conserver l'autre sens, celui qu'entend La Fontaine, il semble qu'à présent
il est nécessaire de l'accompagner de quelque adjectif, tels

que *tristes*, *amers*, *cruels*, *dévorans* (ici il faudrait *amou-reux*), ou d'un autre substantif analogue dont le sens fût ar-rêté, tel que *soucis*, *ennuis*; même dans ce vers de notre poëte, *soins* seul a quelque chose d'étrange et de vague, et l'on serait tenté de le trouver peu expressif.

V. 57. Ce léger réconfort ne peut les satisfaire.

Ce mot est perdu pour la langue. Les grammairiens ne sont pas d'accord sur la manière d'en prononcer et d'en écrire la première syllabe. Les uns mettent un accent sur l'*é*, *ré-confort*; les autres n'y voient qu'un *e* muet. *Réconforter* se soutient au propre, et se dit encore quelquefois au figuré dans le style familier.

V. 61. Là, souvent de leurs maux ils déploraient la cause;
Les paroles passaient, mais c'était peu de chose.

Le dernier hémistiche du second vers est une espèce d'é-nigme, remplie de délicatesse et bien facile à deviner. Le laconisme de La Fontaine dit tout et ne choque pas les bien-séances, comme le discours saugrenu d'Ovide. « Mur jaloux, pourquoi t'opposes–tu aux désirs de deux amans ? à quoi tient-il donc que tu ne laisses nos corps passer tout entiers et s'u-nir ? »

V. 64. Chère Thisbé, le Ciel veut qu'on s'aide en amour.

Cette grave sentence est d'une charmante naïveté, et l'on ne s'attendait guère assurément à voir la divinité en cette af-faire. Comment Thisbé ne serait–elle pas convaincue par un amant religieux qui lui parle au nom du ciel ?

V. 65. Nous avons à nous voir une peine infinie.

Infinie, qui au fond est hyperbolique, était bien au temps de La Fontaine dans la bouche d'un jeune homme plein d'amour ; mais aujourd'hui *infini*, *immense*, *extrême*, et autres exagé-

rations produites originairement par la passion et le sentiment le plus vif, sont devenues, à force d'être employées surtout à faux, des épithètes ordinaires et banales, même dans
la prose; et la poésie est contrainte de chercher d'autres termes
dont l'énergie ne soit pas encore usée.

V. 69. ....a............ Tout m'invite
A prendre le parti dont je vous sollicite.

Selon les grammairiens, *solliciter* régit *à* devant les noms,
et par conséquent devant les pronoms relatifs : *solliciter au
mal*, *à la vengeance*, *à la révolte*, *à cela*; il régit *à* ou *de*
devant les verbes : solliciter quelqu'un à faire ou de faire quelque chose. L'abbé Féraud, auteur du dictionnaire critique,
préfère *à* à *de*, voilà la règle.

Ou peut ajouter sur le mot *solliciter* que lorsqu'il signifie,
exciter, *inciter*, comme ici, il se prend plutôt en mauvaise
qu'en bonne part; que le choix de ce mot marque dans Pyrame une sorte de honte et de regret honnête; car, enfin, il
conseille la fuite hors de la maison paternelle, il s'agit d'un
rapt.

Il faudrait *auquel* ou *à quoi* au lieu de *dont*. *Dont* est une
faute; pourtant je l'aimerais mieux que *auquel* ou *à quoi*.

V. 71. C'est votre seul repos qui me le fait choisir,
. . . .
Je vous aime, Thisbé, moins pour moi que pour vous.
J'en pourrais dire autant, lui repartit l'amante.

L'entretien, je dirais volontiers le duo des deux amans dans
Ovide, n'est pas seulement indécent : *invide*, *dicebant*, *paries*, *etc.*; il pêche encore contre la vraisemblance; car il n'est
pas vraisemblable qu'ils fassent en même-temps, débitent spontanément ensemble le même impromptu de cinq grands vers.
La Fontaine l'emporte pour la vérité; comme de raison, il
fait parler ses acteurs tour à tour, et d'une manière différente.
Il a un autre mérite plus recommandable encor dans la géné-

rosité de sentimens et la sagesse de mœurs qu'il prête aux deux
jeunes gens , et qui, en inspirant une sorte de respect pour
leur caractère, intéresse d'autant plus et de bonne heure, au
sort qui les attend, et rend en un mot la catastrophe de leur
fin plus terrible et plus touchante.

V. 78. Votre amour étant pure encor que véhémente.

Aujourd'hui *amour* n'est plus que masculin, au singulier,
même dans les vers. Rousseau est le dernier, je crois, de nos
poëtes classiques qui l'ait fait féminin à ce nombre.

Dès ce moment, plus *d'amour paternelle.*

V. 83. Et m'abandonnerai sans crainte à votre ardeur.

M'abandonnerai et *sans crainte* ne devraient point être di-
visés dans la prononciation.

V. 84. Contente que je suis des soins de ma pudeur.

Comme elle prend des résolutions sages pour l'avenir, et
combien ses principes et son caractère pudique augmentent
l'intérêt que l'on prend à sa passion !
Du soin vaudrait mieux peut-être que *des soins*, mais l'un
et l'autre manquent de clarté. On ne devine pas d'abord qui.

V. 90. N'attendez pas les traits que son char fait éclore.

Je n'aime pas l'association de ces mots , *traits , char, éclore ;*
ils sont sans analogie entre eux ; ils vont mal ensemble, e
puis c'est de la poésie mal à propos.

V. 91. Trouvez vous aux degrés du terme de Cérès.

Le bon esprit de La Fontaine lui a fait sentir que le tom
beau de Nisus, qu'Ovide choisit pour le lieu du rendez-vou
des deux amans, ne devait pas naturellement être placé bie
avant dans la campagne , et tout près d'une forêt peuplée d

lions. Le terme de Cérès, qui doit être éloigné de la ville et les champs, est mieux choisi.

V. 92. Là, nous nous attendrons, le rivage est tout près;
Une barque est au bord, les rameurs, etc.

Tout respire dans ce récit impétueux, dans ce style coupé, dans ces hémistiches qui se pressent l'un l'autre, l'espoir, le courage, la confiance sans bornes. Tout peint le jeune homme transporté d'amour, ivre de joie. Hélas ! il croit et il dit que les dieux sont pour Thisbé et pour lui.

De combien de beautés Ovide s'est privé en faisant taire ses acteurs dans une circonstance si animée.

Vous voyez ce que La Fontaine fait de notre langue avec ses pronoms, ses articles, et sa marche régulière.

V. 97. Thisbé consent à tout; elle en donne pour gage
Deux baisers, par le mur, arrêtés au passage.

Il y a du vague dans le trait original *non pervenientia contrà*, quoique d'ailleurs galant et agréable.

V. 99. Heureux mur ! tu devais servir mieux leur désir;
Ils n'obtinrent de toi qu'une ombre de plaisir.

L'imagination la plus riante et la plus amoureuse a dicté ces deux vers. La Fontaine prend part à l'événement : il s'intéresse à ses jeunes personnages. il les plaint avec cordialité. Il félicite le mur, mais d'un ton chagrin, avec dépit de ce qu'il n'a été utile qu'à demi ; le service qu'il aurait dû rendre, c'était de faciliter le passage d'un baiser tout entier.

Remarquez l'art du conteur : par cette apostrophe plaintive, il fait partager ses regrets au lecteur.

V. 101. Le lendemain Thisbé sort et prévient Pyrame;
L'impatience, hélas! maîtresse de son âme,.......

Pyrame et *âme* riment mal ; la rime d'une syllabe brève.

avec une syllabe longue est contre la règle, parce qu'elle mécontente l'oreille.

V. 104. L'ombre et le jour luttaient dans les champs azurés.

Que d'efforts il en a coûté au Poussin, au Lorrain, à Vernet, etc. etc., les meilleurs peintres de ciels, pour représenter le crépuscule, admirablement décrit par La Fontaine en un vers! voilà l'avantage de la poésie; *lutter* c'est combattre corps à corps. Pouvait-on mieux exprimer la résistance des ténèbres, qui se retirent lentement, et la vive et pressante invasion de la lumière, dont l'éclat augmente de minute en minute.

V. 107. Thisbé fuit, et son voile emporté par les airs.

Par n'est pas sans équivoque dans cet hemistiche, *emporté par les airs*. On peut croire, on croit même d'abord que c'est par l'action de l'air que le voile est emporté, et que la préposition *par* exprime, dans ce vers, la cause efficiente (suivant la manière de parler des grammairiens), comme dans cette phrase, *le vaisseau a été emporté par les vents et par les courans. Par,* dans cet endroit ci, est préposition de lieu, ainsi que dans ces exemples : *aller par les rues, cheminer par les champs, voler par les airs.* Évitons toute ambiguïté, même légère ; évitons les mots qui ont deux acceptions différentes, ou sachons déterminer celle des deux qui convient.

V. 108. Source d'un sort cruel, tombe dans les déserts.

Le terme métaphorique de *source* ne peut guère s'appliquer à un voile de femme. Il n'y a point d'analogie entre ces deux mots ; ils sont trop étrangers l'un à l'autre. *Cause,* moins propre à la poésie, l'est davantage à la justesse des idées.

V. 110. Et l'ayant teint de sang, aux forêts se retire.

Trois vers plus haut, on lit : *sa gueule est toute teinte,* répétition, négligence!

COMMENTAIRE

Aux forêts se retire.

On dit bien : *aller au bois* , *à la forêt* ; mais on ne dit pas
ou pour mieux parler on ne dit plus , *se retirer aux forêts*.
Cette locution est surannée aujourd'hui. L'usage permet que
cette préposition *à* régisse le substantif au singulier avec *aller,
se retirer* : *aller au logis* , *se retirer à la maison* ; encore c'est
dans le style familier bien plus que dans le style noble ou élégant, que *a* est ainsi employé. On veut *dans*, quand il s'agit
d'un mot au plurier : *aller dans les bois* , *se retirer dans les
forêts* ; en voici, je crois, la raison. C'est qu'on peut bien *aller,
se retirer* à un endroit seul, distinct, et non à plusieurs lieux
à la fois. Autrefois la poésie jouissait du privilége d'employer *à* comme synonyme de *dans* avec le singulier et le plurier ; *à* pourtant semble plutôt synonyme de *vers* dans ces
phrases *aller au bois* ou *aux bois* ; *se retirer à la forêt* ou
aux forêts. On ne peut du moins contester , qu'*aller au bois,
ou aux bois* ne s'entende mieux, *d'aller vers le bois* , ou *vers
les bois*, que *d'aller dans le bois* ou *dans les bois*.

V. 113. O dieux ! que devint-il ? Un froid court dans ses veines.

Ce vers est bien sans doute ; mais *un froid* semble désirer
une épithète.

Il y en a une dans le vers de Virgile que La Fontaine a imité.

Gelidusque per ima cucurrit ossa tremor.

V. 114. Il aperçoit le voile étendu dans ces plaines.

Étenda dit peut-être trop , en ce qu'il montre le voile
comme développé, fixe et tranquille, dans ces plaines exposées
aux vents.

V. 119. .... C'est moi qui suis le monstre affreux
Par qui tu t'en vas voir le séjour ténébreux.

Ovide est plus naturel dans le discours qu'il fait tenir à
Pyrame ; qu'on en juge ; *infortunée ! c'est moi qui t'ai donné*

la mort, moi qui ai voulu que tu vinsses la nuit dans un lieu
plein de périls , moi qui n'y suis pas arrivé le premier.

V. 123. Jouis au moins du sang que je te vais offrir.

Est-ce bien là ce que doit dire Pyrame? *jouis de mon sang...*
à la bonne heure s'il avait à expier une infidélité odieuse, une
perfidie , un forfait volontaire, et s'il parlait à une femme
violente , vindicative, sanguinaire , à une Hermione, à une
Médée.

Mais, répondra-t-on, la douleur qui domine dans son âme,
lui exagère son imprudence , et trouble ses pensées.

Quoi! jusqu'à lui faire méconnaître la sensibilité indulgente,
le caractère facile et doux , et l'extrême tendresse de celle qu'il
regrette, et qui va l'excuser tout à l'heure. *Sibi convenientia*
finge. C'est ce mot *jouis* qui gâte tout.

V. 124. Malheureux de n'avoir qu'une mort à souffrir.

Pensée bien exprimée , mais commune.

V. 125. Il dit, et d'un poignard coupe aussitôt sa trame.

L'usage veut qu'à ce mot figuré de *trame*, on ajoute de *sa*
vie ou mieux encore *de ses jours.* Rousseau a si bien dit :

> Grand Dieu, votre main réclame
> Les dons que j'en ai reçus:
> Elle vient couper la *trame*
> *Des jours* qu'elle m'a tissus.

Sa trame seule a quelque chose de bizarre.

V. 129. .... Clotho, pour l'amour d'elle,
   Laisse à Pyrame ouvrir sa mourante prunelle.

Que ce trait est touchant ! Clotho dément sa rigueur : l'im-
pitoyable parque accorde une grâce à deux amans !

Clothon, on a toujours écrit et prononcé *Clotho*, avec raison, parce que ce nom propre est ainsi orthographié en grec Κλοθὼ, et qu'il n'y a pas là de ν, lettre à laquelle correspond l'*n* française. Il n'en est pas de même de Τελάμων, Ἀγαμέμνων, Πλάτων, etc., etc.; qu'on a été très-fondé à rendre en français par *Télamon*, *Agamemnon*, *Platon*, etc., etc., en conservant toutes les lettres, ou, si l'on veut, tous les élémens dont ces noms propres sont originairement composés.

V. 131. Il ne regarde point là lumière des cieux :
Sur Thisbé seulement il tourne encor les yeux.
Il voudrait lui parler, sa langue est retenue;
Il témoigne mourir content de l'avoir vue.

Ce tableau, tout admirable qu'il est, me frappe moins, me plaît moins que celui d'Ovide :

> *Ad nomen Thisbes oculos jam morte gravatos*
> *Pyramus erexit visâque recondidit illâ.*
>
> Au nom de Thibé que Pyrame a entendu, il ouvre ses yeux, appesantis déjà par la mort; il la voit, et les referme.

Cette fin précipitée est terrible, déchirante.

Il témoigne mourir content de l'avoir vue.

On est forcé, lorsqu'on lit tout haut ce vers, de violer la règle reçue et l'usage, en ne s'arrêtant pas, en ne faisant point de pause au premier hémistiche, afin de ne point séparer dans la prononciation le verbe *mourir* de l'adjectif *content*, comme en effet ils ne sont pas séparés dans le sens.

V. 136. Je n'accuserai point, dit-elle, ton dessein.

La prose dirait : *je ne blâmerai point*, c'est le mot propre; mais ce mot est faible. La poésie plus hardie, plus énergique, dit : *je n'accuserai point.*

Dessein s'entend ordinairement d'un projet qu'on exécutera. Ici il est question d'un projet exécuté. La clarté du sens aurait exigé une addition explicative à ce mot, mais la mesure du vers ne l'a pas permise.

V. 142. Sa main et le poignard font alors leur office.

Lors, *leur* est dur ; — *font leur office* : Quoique la fable et le conte aiment les expressions familières, celle de *font leur office* l'est trop, appartient trop au style de la comédie, et semble déplacée surtout dans une occasion si grave et si tragique.

La réponse à cette remarque, c'est qu'alors apparemment faire son office ne manquait pas encore de noblesse.

V. 143. Elle tombe, et tombant, range ses vêtemens,
Dernier trait de pudeur à ses derniers momens.

Image gracieuse, et qui achève de faire aimer et plaindre la modeste Thisbé. C'est dommage seulement que le premier hémistiche rime avec le second. Ces deux amans étaient sans doute vêtus. A quoi bon, dira-t-on vraisemblablement, cette puérile remarque ? à faire voir qu'en cédant au plaisir, bien excusable dans un peintre, de représenter deux beaux corps de l'un et de l'autre sexe, à la fleur de leur âge, l'habile Fragonard, qui a peint Pyrame et Thisbé aux trois quarts nus, a péché contre la convenance et la vérité.

V. 147. Le fruit d'un mûrier proche.

Corneille a dit aussi *proche* pour *prochain*, *voisin*.

Albin l'a rencontré dans la proche campagne.

Mais *proche*, en ce sens, quoiqu'il s'emploie adjectivement avec le verbe *être* et avec la préposition *de*, n'est pas un pur adjectif qu'on puisse employer absolument. On dit que *deux maisons sont fort proches*, en sous-entendant *l'une de l'autre*; on dit au superlatif, *son plus proche voisin*, *son voisin le plus proche*; on ne dit point, *dans la proche maison*, ni *dans la maison proche*, ni les fruits d'un *mûrier proche*.

Peut-être cependant n'était-ce pas une faute dans les premiers temps de La Fontaine.

V. 153. Elle meurt quelquefois avant qu'être contente.

Une passion qui meurt est une passion qui s'éteint, qui finit, qui est finie, et qui, par conséquent, ne cherche pas avec empressement, ou plutôt ne cherche plus à *se contenter*. Interprété ainsi, ce vers renfermerait une contradiction; mais La Fontaine dit très-vraisemblablement autre chose que ce qu'il veut dire; il dit, l'*amour*, et, selon les apparences, il entend l'*amant*. L'amant meurt quelquefois avant que d'être content. Or, ni l'un ni l'autre de ces deux sens n'est clairement exprimé, ce qui est une trop grande faute. Voilà une occasion où Boileau aurait pu adresser à La Fontaine son avis impératif : *Ce terme est équivoque*, *il le faut éclaircir*.

Les poëtes ne se sont pas maintenus en possession de cette façon de parler *avant qu'être*, favorable à la poésie familière. On peut regretter cette locution également précise, coulante et naïve, sans néanmoins renoncer à celle qui l'a remplacée : *avant que de*, ou *avant de*.

V. 154. L'est-elle? elle devient aussitôt languissante.

Elle, *elle*, consonnance qui choque l'oreille.

Encore une fois, le verbe à la fin du premier hémistiche, et l'adverbe au commencement du second détruisent la césure, si l'on supprime dans la prononciation la pause nécessaire à la cadence; et, si on l'observe, on interrompt le sens, en divisant deux mots qui ne doivent pas être séparés.

V. 155. Sans l'hymen on n'en doit recueillir aucun fruit;
Et cependant l'hymen est ce qui la détruit.

Ce n'est pas *cependant*, c'est *par malheur* qu'il faut. En effet le poëte parle d'un malheur de notre condition naturelle, et non d'une contradiction qui soit notre ouvrage. *Cependant* serait bien dans cette phrase-ci : *L'hymen seul a le droit de faire goûter les plaisirs que l'amour sollicite , et cependant on fuit l'hymen.*

V. 157. Il y joint, dit Climène, une âpre jalousie,
Poison le plus cruel dont l'âme soit saisie.

Au lieu de *soit*, la justesse du sens et celle du style exigent *puisse être*, ou *ait pu être*. S'il était question d'une affection positive, générale, qui tînt essentiellement à notre nature, *soit* serait bon , comme dans cet exemple : *Le plus grand défaut dont l'homme soit atteint*, c'est l'excessif amour de soi ; or la jalousie n'est que *possible*, et, si je puis parler ainsi, éventuelle.

V. 163. J'accourcirai le temps, ainsi qu'elle, à mon tour.

Nous avons de la répugnance à admettre : *accourcir le temps*, surtout parce que nous avons *abréger*. On devrait être moins difficile. *Accourcir* tire son étymologie d'un mot employé par le délicat Horace, *curtare*, *curto* ; et *abréger* vient d'*abbreviare*, terme du quatrième siècle, c'est-à-dire, d'une époque où le latin avait beaucoup perdu de ses avantages ; ensuite *accourcir* étant peu usé, n'en est que plus expressif et plus propre à la poésie élégante ; enfin nous avons déjà : *les jours commencent à s'accourcir*, *s'accourcissent*, et ces locutions reçues nous autorisent bien naturellement à recevoir aussi : *accourcir le temps*. Mais ce vers a un défaut plus réel ; l'ordre naturel des idées y est mal suivi, et je crois qu'il serait mieux construit de cette manière :

Ainsi qu'elle, à mon tour, j'accourcirai le temps.

Ainsi qu'elle : Le premier dessein de Climène, c'est d'imiter sa sœur qui a réussi ; *à mon tour :* sa seconde intention est d'user du droit qu'elle a aussi de conter quelques histoires.

9

Après cette légère et agréable suspension, elle annonce qu'elle sera briève : *j'accourcirai le temps.*

La rime a commandé une autre construction que je crois moins heureuse.

V. 163. Peu s'en faut que Phébus ne partage le jour,

Pour dire : *ne soit à la moitié de sa course journalière*, est une expression vicieuse, en ce que *partage* seul signifie autant et plus peut-être *diviser en plusieurs parties, que diviser en deux moitiés.* Il faut y réfléchir et deviner : le lecteur est arrêté désagréablement.

V. 165. A ses rayons perçans opposons quelques voiles.

Ce vers pourrait bien n'avoir été amené là que par le besoin de trouver une rime à *toiles.*

V. 169. Cependant donnez moi quelque heure.

Le singulier, *quelque heure*, équivaut à ceci : *donnez-moi une heure à peu près, un espace de temps peu long, pris au moment que vous voudrez.*

DEUXIÈME PARTIE. (V. 173. — 272.)

V. 173. Céphale aimait Procris; il était aimé d'elle.

Ce vers et les quatre qui le suivent sont aussi corrects que gracieux.

V. 177. .... Leurs soins et leur tendresse
Approchaient des transports d'amant et de maîtresse.

Approchaient est bien délicat. Leur tendresse était vive, mais ce n'était pas encore là tout-à-fait l'ardeur extrême des amans.

V. 179. Le ciel même envia cette félicité.

Les poëtes ont coutume de dire *le ciel*, lors même qu'il ne s'agit que d'un de ses habitans.

Ici *envia* ne signifie que , regretta de ne pas jouir, désira de jouir d'un pareil bonheur.

Envia, pris au pied de la lettre (1), induirait en erreur, et ferait croire que les dieux jaloux (et nul d'entre eux n'est excepté) vont de concert troubler la paix des deux époux. Le vers suivant : *Céphale eut à combattre une divinité*, confirmerait cette conjecture aventurée. Cependant cette grande jalousie du ciel, ces attaques d'une déesse n'aboutissent, de la part de l'Aurore, déité inférieure, qu'à de tendres sentimens et à un acte de violence galante et flatteuse. Ovide ne fait aucune mention du sentiment que La Fontaine attribue aux dieux. Chez le poëte latin, Céphale, qui raconte lui–même son histoire, se contente de cette remarque religieuse et touchante sur ce qu'ont produit à son égard les impénétrables décrets de leur toute-puissance : *J'étais heureux, les dieux n'ont pas voulu que je le fusse toujours.* Non ità visum est diis.

V. 181. Il était jeune et beau, l'Aurore en fut charmée,
N'étant pas à ces biens chez elle accoutumée.

C'est dommage que, dans le premier de ces vers gais et naïfs, *en* soit ambigu, et qu'on ne sache pas s'il tombe sur *lui*, fut charmée de *lui*, ou sur *jeune et beau*, fut charmée de ce qu'il était *jeune et beau*.

V. 183. Nos belles cacheraient un pareil sentiment :
Chez les divinités on en use autrement.

Autres vers non moins ingénieux. On sait combien, dans la mythologie, les déesses se montrent peu formalistes. A leur

_____

(1) Comme je l'ai vu prendre par quelques lecteurs.

tête est Vénus, quittant l'Olympe pour aller dans les bois dé-
clarer son amour à Adonis. Quant à Aurore, elle avait déjà
fait les premières avances à Titon, à qui elle donna pour suc-
cesseur Céphale; et, lorsqu'elle fut dégoûtée de celui-ci, elle
en enleva encore beaucoup d'autres.

V. 186. Il eut beau lui parler de la foi conjugale.

Il faut avouer que cette foi conjugale froidement invoquée,
que cette espèce de badinage du poëte imitateur, soutiennent
mal la comparaison avec le caractère passioné qui éclate dans
les représentations du Céphale d'Ovide, quoique le latin n'en
rapporte que le fonds, et que le discours indirect soit seul
employé.

V. 187. Les jeunes déités qui n'ont qu'un vieil époux,
        Ne se soumettent point à ses lois, comme nous.

Comme nous, excellente plaisanterie, propre à faire sourire notre beau sexe lui-même.

V. 190. De modérer ses feux il pria l'immortelle;
        Elle le fit : l'amour devint simple amitié.

Voilà une amante bien docile et bien prompte à se refroi-
dir; voilà aussi une amitié qui a droit de surprendre, ainsi
que le procédé de l'Aurore envers Céphale. Quoi! elle est devenue son amie, et elle (à qui l'avenir est connu) lui fait présent d'une arme meurtrière, qui, par un coup fatal, doit un
jour le réduire au dernier désespoir.

Ovide l'emporte : chez lui, c'est Procris qui fait ce don à
son époux avec l'intention la plus pure, avec l'intention apparemment de favoriser son goût pour la chasse, et sans pouvoir
en aucune manière se douter que ce dard sera l'instrument de
sa propre mort, entre les mains de celui qui le reçoit avec reconnaissance. Le dénoûment d'Ovide nous remplit de terreur.

V. 204. Éprouvons toutefois ce que peut son devoir.

Il est évident que *sur elle* est sous-entendu, et que cette liberté est bien permise à un poëte.

V. 205. Des mages aussitôt consultant la science.

Si, comme on peut le conjecturer, il a recours à eux pour en obtenir, non pas des avis, mais le secours effectif de leur art surnaturel, *consultant* n'en dit pas assez.

V. 206. D'un feint adolescent il prend la ressemblance.

Ainsi il doit au pouvoir des mages cette nouvelle figure. Il valait mieux suivre Ovide, et laisser là les mages qui n'ont et ne prennent aucun intérêt à ce qui se passe. C'est une heureuse idée du poëte latin que d'avoir attribué la métamorphose de Céphale à la perfide Aurore. Par-là Céphale, en proie à la jalousie, et que cette rivale de Procris fait servir à ses desseins, devient moins coupable et est plus à plaindre.

V. 213. Promit tant que Procris lui parut incertaine.

On ne peut que blâmer Ovide d'avoir rendu Procris évidemment coupable. Dès lors cette infortunée, quelques chagrins qu'elle éprouve, intéresse moins que si, devenue l'objet d'un soupçon tout à la fois injurieux, conçu légèrement et mal fondé, elle eût toujours vécu et fut morte parfaitement innocente. La Fontaine a eu le bon esprit de la représenter à peu près sous ce point de vue. Je dis *à peu près*, car je souffre de ce qu'il laisse quelque louche sur son compte par ces mots : *elle lui parut incertaine*. Sans contredit il était aussi aisé que naturel d'ajouter formellement que Céphale reconnut bientôt et désavoua son erreur. Procris, qui n'aurait point été instruite de ce repentir, serait toujours restée offensée de tant d'injustice, et aurait fui dans les bois.

Quoi qu'il en soit, La Fontaine, en se rendant maître du

texte, comme il en avait le droit, n'aurait pourtant pas dû, je crois, étendre ses réformes et ses suppressions jusqu'à trois ou quatre tableaux charmans. Je regrette surtout qu'il ait négligé celui de Céphale, retournant, après avoir quitté l'Aurore, dans sa maison, où il ne trouve que signes de vertu, de sagesse, et où tout le monde le pleure. Que sont devenus encore sa vive et délicieuse émotion à l'aspect de la belle Procris, qu'il est tenté vingt fois d'embrasser avec passion, qui est plongée dans la douleur et à qui la douleur même sied bien; et le refus qu'elle fait de l'écouter, en lui disant, sans le connaître, qu'elle se conserve pour un seul homme, et que son cœur lui réserve tous ses transports?

V. 214. Toute chose a son prix.

Comme *prix* signifie tout à la fois le mérite d'une personne ou l'excellence d'une chose, et la valeur pécuniaire d'un objet, il y a équivoque, et par conséquent obscurité dans cet hémistiche. *Taux* serait le mot propre, mais il est trop prosaïque, et il manque d'une sorte de noblesse.

V. 217. S'imagine en chassant dissiper son martyre.

S imagine-t-il qu'il dissipe, ou s'imagine-t-il qu'il dissipera? le texte comporte ces deux sens, surtout le premier; mais il fallait, après avoir opté, n'en offrir clairement qu'un seul. La prose eût dit, chasse et s'imagine dissiper son martyre. Mais remarquons l'expression poétique, dissiper son martyre. Quelle juste analogie entre le chagrin et la chasse qui le dissipe. Originairement et au propre, *martyre* veut dire tourmens ou mort soufferts pour la foi. Par extension et figurément ce mot est devenu synonyme de peines d'esprit, peines de cœur. Mais ce terme métaphorique, produit par le christianisme, peut-on le mettre dans la bouche ou le supposer dans l'idée d'un personnage des temps fabuleux les plus reculés?

je crois pouvoir répondre, non. Ce serait effectivement une disparate, une inconvenance.

V. 220. Doux vents, s'écriait-il, prête-moi des soupirs.

Je pense que le lecteur ne comprend pas trop bien ce que c'est que des soupirs prêtés, ni comment s'opère cet emprunt, et que d'ailleurs il n'est pas beaucoup ému par les doléances d'un homme qui, pour soupirer, a besoin qu'on le seconde; enfin les soupirs qu'un vent frais fait naître, loin d'être douloureux, causent des impressions agréables, et ne peuvent que disposer l'âme à se consoler et les sens à s'assoupir doucement.

Cette pensée, j'ose le dire, est alambiquée, peu claire et sent l'esprit italien, dont La Fontaine a tiré plus de profit ailleurs.

V. 221. Venez, légers démons, par qui nos champs fleurissent.
      Aure, fais-les venir.

Long-temps *démon* s'est pris pour génie, esprit, soit bon, soit mauvais.

Du temps de La Fontaine, *démon* se disait encore, surtout en poésie, pour génie bon et propice: de même au plurier.

Aujourd'hui *démon* ne s'emploie plus qu'en mauvaise part, pour diable, esprit malin, esprit pervers et malfaisant. La religion a été pour quelque chose dans cette dernière et exclusive acception. On a voulu que les mauvais anges eussent une dénomination à part, et, pour cela, on leur a affecté le nom générique, qui n'a plus été dès lors que celui d'une espèce maudite, odieuse et redoutée.

Aura, veni, dans Ovide. *Aura, vent doux* en français. *Vent doux* n'a point, dans notre langue, de synonyme féminin qui puisse, comme dans le latin, fonder l'ambiguïté nécessaire en cette occasion, où la Procris de l'original, trompée par le genre du mot *aura*, se persuade que c'est une f̶ ̶ne. *Aure*, de la création de La Fontaine, dénote bi.. ce sexe, mais ne fait point entendre que Céphale ne nomme, en la personnifiant, que la fraîcheur de l'air. *Aure*, qui chez nous n'est le nom de rien, de personne, et qui n'a jamais existé ailleurs qu'ici, ne donne point à connaître aux lecteurs combien les alarmes de l'épouse sont peu fondées, et combien la première cause de sa mort déplorable est légère.

V. 228. *Je ne le puis voir, dit-elle, que les nuits.*

Peut-être y a-t-il quelque maladresse à faire mention de cette circonstance. S'il la voit les nuits, elle n'est pas tant à plaindre.

V. 231. *Les échos de ces lieux n'ont plus d'autres emplois*
Que celui d'enseigner le nom d'Aure à nos bois.

Pourquoi le pluriel ? est-ce que l'écho ou les échos peuvent avoir plusieurs emplois, et des emplois divers ? Ils n'en ont et ne peuvent en avoir naturellement qu'un, toujours uniforme, celui de réunir le son; mais il fallait rimer à *bois*.

V. 233. *Dans tous nos environs le nom d'Aure résonne.*

Il pouvait résonner dans un vers plus agréable à l'oreille.

V. 237. *Les amans sont toujours de légère croyance;*
S'ils pouvaient conserver un rayon de prudence,
Je demande un grand point, la prudence en amour !

Le troisième de ces vers, dont la vérité est sensible, a de plus une sorte de finesse qui pourtant n'exclut pas la naïveté; et, s'il n'est pas tout-à-fait proverbe, il est au moins bien connu et cité souvent.

V. 241. *Notre épouse ne fut l'une ni l'autre chose.*

Il faudrait deux fois *ni*, parce qu'il y a deux choses différentes de niées. Telle est la règle : les poëtes se permettent souvent de l'enfreindre :

> Il ne faudra cesser de régner ni de vivre. CORNEILLE.
> Tu ne gardes pour moi respect ni complaisance. MOLIÈRE.
> N'épargnons contre lui mensonge ni parjure. ROUSSEAU.
> Je ne veux l'un ni l'autre............ VOLTAIRE.

Ce retranchement du premier *ni* est permis aux poëtes et défendu aux prosateurs.

Chose, si souvent employé mal à propos, ne déplaît pas ici, parce que c'est une expression toute naïve qui semble relever avec une emphase enfantine l'importance du conseil donné aux amans : *Soyez insensibles et sourds aux rapports.*

> V. 247. Viens me voir, disait-il, chère déesse, accours ;
> Je n'en puis plus, je meurs, fais que par ton secours
> La peine que je sens se trouve soulagée.

Est-ce assez de trois vers pour implorer cette déesse, et lui persuader d'*accourir* ? en est-ce assez pour confirmer pleinement Procris dans ses soupçons ? Que l'on compare, avec cette apostrophe, trop laconique peut-être, l'abondance, la chaleur, les doubles sens voluptueux et multipliés d'Ovide, on reconnaîtra que celui-ci est plus étendu, plus insinuant et plus propre à faire prendre le change à Procris ; mais il est aussi plus indécent.

TROISIÈME PARTIE.

La dispute entre Neptune et Minerve. (V. 279 — 299.) La Fontaine ne nous paraît pas briller dans ce morceau. Rappelons l'original. (Ovide, Métam. VI, 3.)

> Minervam inter et Neptunum contentio.

> *Cecropia Pallas scopulum Mavortis in arce*
> *Pingit, et antiquam de terræ nomine litem.*

Bis sex Cœlestes, medio Jove, sedibus altis
Augustâ gravitate sedent; sua quemque Deorum
Inscribit facies: Jovis est regalis imago.
Stare Deum pelagi, longoque ferire tridente
Aspera saxa facit, medioque è vulnere saxi
Exsiluisse ferum; quo pignore vindicet urbem.
At sibi dat clypeum, dat acutæ cuspidis hastam,
Dat galeam capiti, defenditur ægide pectus:
Percussamque suâ simulat de cuspide terram
Edere cum baccis fetum canentis olivæ,
Mirarique Deos; operis victoria finis.

Pallas représente le roc consacré à Mars, dans l'acropole de Cécrops, et l'antique procès qui s'émut entre elle et Neptune, sur le droit de nommer la ville nouvelle.

Les douze grands dieux, au milieu desquels on distingue Jupiter, siégent majestueusement sur des trônes élevés. Chacun d'eux a des marques qui le désignent. La royauté est empreinte sur le front de Jupiter. La déesse offre le dieu des mers debout. De son long trident, il frappe un dur rocher; et soudain, s'élance de la pierre entr'ouverte un coursier, garant qui doit assurer à Neptune l'honneur de faire porter son nom à la cité. Pallas se donne à elle-même un bouclier, une pique armée d'un fer aigu, sa tête est couverte d'un casque. Sa poitrine est défendue par l'égide, elle se peint faisant, d'un coup de lance, sortir du sein de la terre le blanchâtre olivier, orné de son feuillage et de ses fruits. Les dieux admirent. La victoire couronne l'œuvre de Minerve.

REMARQUES.

Contre son ordinaire, Ovide dans ce morceau, faible d'intérêt, ne pouvait inspirer La Fontaine.

Il ne parle point du sentiment d'émulation qui doit animer les deux divinités disputant qui produirait la chose la plus avantageuse à la ville naissante. Les dieux témoins et juges de ce concours, n'éprouvent aucune surprise à l'apparition du cheval, le premier qu'ils voient. Cet animal dont il leur est aisé de pressentir l'utilité et d'apercevoir les belles formes, les laisse dans l'indifférence. Ainsi Pallas vaincra sans péril; l'admiration des arbitres célestes pour l'olivier qui va nourrir et à jamais enrichir l'Attique n'a rien que de froid et de froidement exprimé : les Dieux admirent : *mirarique deos.*

Virgile se montre bien autrement affecté au commencement de ses Géorgiques, lorsque, célébrant ce bienfait du Dieu des mers, il s'écrie, *tuque ô* etc.

> Et toi, dieu du Trident, qui de ta main puissante,
> De la terre frappas le sein obéissant,
> Et soudain fis bondir un coursier frémissant (DELILLE.)

Un peintre de qui j'ai oublié le nom , a traité le même sujet bien poétiquement. Les douze grands dieux se font reconnaître à leurs attributs particuliers. Ils sont tous attentifs à l'événement. Ils ont chacun une attitude distinctive, et montrent du doigt l'objet auquel ils adjugent le prix: la ville à demi édifiée, est sur une hauteur; les habitans sont répandus dans la plaine, et fixent unanimement leurs regards satisfaits sur la Déesse, tandis que l'olivier, comme par un signe de victoire, couvre le coursier de son ombrage. Ce coursier qui se redresse, qui agite sa crinière et paraît pousser des hennissemens, justifie l'epithète que lui donne Virgile. Neptune est prêt a repartir, Minerve sourit avec complaisance à son arbre épanoui.

QUATRIÈME ET CINQUIÈME PARTIE.

La quatrième partie (V. 302-478) est toute entière de l'invention de La Fontaine. Oserons-nous dire, à la suite de cette déclaration, que le récit nous laisse froids , et qu'on le lit sans avoir le désir de le relire.

Coste, dans une note sur les Minéides, dit que l'aventure de Zoon , cinquième partie de la fable des Minéides, a quelque rapport avec celle de Climon, dans Boccace. Ce rapport est réel, mais il se borne à l'imitation, par le poète français, du commencement de cette nouvelle italienne. La Fontaine a rejeté tout le reste, sans doute comme offrant peu d'intérêt, et ne pouvant d'ailleurs convenir beaucoup au seul but que chez lui, les filles de Minée se proposent de concert, savoir de montrer les funestes effets de l'amour.

Il ne serait certes pas sans utilité de présenter aux lecteurs le texte du morceau dont La Fontaine paraît avoir fait son profit, avec une traduction française en regard. Je l'avais demandée à un savant qui me l'avait promise, et qu'une mort prématurée a enlevé aux lettres et à l'amitié.

LA MATRONE D'ÉPHÈSE.

PAR LA FONTAINE.

(FABLE 30.)

S'IL est un conte usé, commun et rebattu,
C'est celui qu'en ces vers j'accommode à ma guise.
  Et pourquoi donc le choisis-tu?
  Qui t'engage à cette entreprise?
N'a-t-elle pas déja produit assez d'écrits?   5
  Quelle grâce aura ta matroné,
  Au prix de celle de Pétrone?
Comment la rendras-tu nouvelle à nos esprits?
Sans répondre aux censeurs, car c'est chose infinie,
Voyons si dans mes vers je l'aurai rajeunie.   10

  Dans Éphèse il fut autrefois
Une dame en sagesse et vertus sans égale,
  Et, selon la commune voix,
Ayant su raffiner sur l'amour conjugale.
Il n'était bruit que d'elle et de sa chasteté: 15
  On l'allait voir par rareté:
C'était l'honneur du sexe: heureuse sa patrie!

Chaque mère à sa bru l'alléguait pour patron :
Chaque époux la prônait à sa femme chérie :
D'elle descendent ceux de la Prudoterie,   20
    Antique et célèbre maison.
    Son mari l'aimait d'amour folle.
    Il mourut. De dire comment,
    Ce serait un détail frivole.
    Il mourut ; et son testament   25
N'était plein que de legs qui l'auraient consolée,
Si les biens réparaient la perte d'un mari
    Amoureux autant que chéri.
Mainte veuve pourtant fait la déchevelée,
Qui n'abandonne pas le soin du demeurant,   30
Et du bien qu'elle aura, fait le compte en pleurant.
Celle-ci, par ses cris, mettait tout en alarme :
    Celle-ci faisait un vacarme,
Un bruit et des regrets à percer tous les cœurs ;
    Bien qu'on sache qu'en ces malheurs,   35
De quelque désespoir qu'une âme soit atteinte,
La douleur est toujours moins forte que la plainte ;
Toujours un peu de faste entre parmi les pleurs :
Chacun fit son devoir de dire à l'affligée,
Que tout a sa mesure, et que de tels regrets   40
    Pourraient pécher par leur excès :
Chacun rendit par là sa douleur rengrégée.
Enfin, ne voulant plus jouir de la clarté
    Que son époux avait perdue,
Elle entre dans sa tombe, en ferme volonté   45
D'accompagner cette ombre aux enfers descendue.
Et voyez ce que peut l'excessive amitié,
(Ce mouvement aussi va jusqu'à la folie)
Une esclave en ce lieu la suivit par pitié,

Prête à mourir de compagnie. 50
Prête, je m'entends bien, c'est-à-dire, en un mot,
N'ayant examiné qu'à demi ce complot,
Et, jusques à l'effet, courageuse et hardie.
L'esclave avec la dame avait été nourrie :
Toutes d'eux s'entr'aimaient ; et cette passion 55
Était crue avec l'âge au cœur des deux femelles :
Le monde entier à peine eût fourni deux modèles
    D'une telle inclination.
Comme l'esclave avait plus de sens que la dame,
Elle laissa passer les premiers mouvemens : 60
Puis tâcha, mais en vain, de remettre cette âme
Dans l'ordinaire train des communs sentimens.
Aux consolations la veuve inaccessible,
S'appliquait seulement à tout moyen possible
De suivre le défunt aux noirs et tristes lieux. 65
Le fer aurait été le plus court et le mieux :
Mais la dame voulait repaître encor ses yeux
    Du trésor qu'enfermait la bière,
    Froide dépouille, et pourtant chère.
    C'était là le seul aliment 70
    Qu'elle prît en ce monument.
    La faim donc fut celle des portes
    Qu'entre d'autres de tant de sortes,
Notre veuve choisit pour sortir d'ici-bas.
Un jour se passe, et deux sans autre nourriture 75
Que ses profonds soupirs, que ses fréquens hélas,
    Qu'un inutile et long murmure
    Contre les dieux, le sort et la nature.
    Enfin sa douleur n'omit rien,
    Si la douleur doit s'exprimer si bien. 80

Encore un autre mort faisait sa résidence
Non loin de ce tombeau, mais bien différemment;
    Car il n'avait pour monument
    Que le dessous d'une potence.
Pour exemple aux voleurs on l'avait là laissé.   85
    Un soldat bien récompensé
    Le gardait avec vigilance.
    Il était dit par ordonnance
Que si d'autres voleurs, un parent, un ami
L'enlevaient, le soldat nonchalant, endormi,   90
    Remplirait aussitôt sa place.
    C'était trop de sévérité :
    Mais la publique utilité
Défendait que l'on fît au garde aucune grâce.
Pendant la nuit il vit aux fentes du tombeau   95
Briller quelque clarté, spectacle assez nouveau.
Curieux, il y court, entend de loin la dame
    Remplissant l'air de ses clameurs.
Il entre, est étonné, demande à cette femme
    Pourquoi ces cris, pourquoi ces pleurs,   100
    Pourquoi cette triste musique,
Pourquoi cette maison noire et mélancolique?
Occupée à ses pleurs, à peine elle entendit
    Toutes ces demandes frivoles :
    Le mort pour elle y répondit.   105
    Cet objet, sans autres paroles,
    Disait assez par quel malheur
La dame s'enterrait ainsi toute vivante.
Nous avons fait serment, ajouta la suivante,
De nous laisser mourir de faim et de douleur.   110
Encor que le soldat fût mauvais orateur,
Il leur fit concevoir ce que c'est que la vie.

La dame cette fois eut de l'attention ;
    Et déjà l'autre passion
    Se trouvait un peu ralentie.   115
Le temps avait agi. Si la foi du serment,
Poursuivit le soldat, vous défend l'aliment,
    Voyez-moi manger seulement,
Vous n'en mourrez pas moins. Un tel tempérament
    Ne déplut pas aux deux femelles :   120
    Conclusion qu'il obtint d'elles
Une permission d'apporter son soupé :
Ce qu'il fit ; et l'esclave eut le cœur fort tenté
De renoncer dès lors à la cruelle envie
    De tenir au mort compagnie.   125
Madame, ce dit-elle, un penser m'est venu :
Qu'importe à votre époux que vous cessiez de vivre ?
Croyez-vous que lui-même il fût homme à vous suivre,
Si par votre trépas vous l'aviez prévenu ?
Non, madame, il voudrait achever sa carrière.   130
La nôtre sera longue encor, si nous voulons.
Se faut-il, à vingt ans, enfermer dans la bière ?
Nous aurons tout loisir d'habiter ces maisons.
On ne meurt que trop tôt : qui nous presse, attendons ;
Quant à moi je voudrais ne mourir que ridée.   135
Voulez-vous emporter vos appas chez les morts ?
Que vous servira-t-il d'en être regardée ?
    Tantôt, en voyant les trésors
Dont le ciel prit plaisir d'orner votre visage,
    Je disois : Hélas ! c'est dommage,   140
Nous-mêmes nous allons enterrer tout cela.
A ce discours flatteur la dame s'éveilla.
Le dieu qui fait aimer prit son temps, il tira
Deux traits de son carquois : de l'un il entama

Le soldat jusqu'au vif ; l'autre effleura la dame :   145
Jeune et belle, elle avait sous ses pleurs de l'éclat ;
    Et des gens de goût délicat
Auraient bien pu l'aimer, et même étant leur femme.
Le garde en fut épris : les pleurs et la pitié,
    Sorte d'amour ayant ses charmes,   150
Tout y fit : une belle, alors qu'elle est en larmes,
    En est plus belle de moitié.
Voilà donc notre veuve écoutant la louange,
Poison qui de l'amour est le premier degré :
    La voilà qui trouve à son gré   155
Celui qui le lui donne : il fait tant qu'elle mange :
Il fait tant que de plaire ; et se rend en effet
Plus digne d'être aimé que le mort le mieux fait ;
    Il fait tant enfin qu'elle change ;
Et toujours par degrés, comme l'on peut penser,   160
    De l'un à l'autre il fait cette femme passer.
    Je ne le trouve pas étrange :
Elle écoute un amant : elle en fait un mari,
Le tout au nez du mort qu'elle avait tant chéri.
Pendant cet hyménée, un voleur se hasarde   165
D'enlever le dépôt commis aux soins du garde :
Il en entend le bruit : il y court à grands pas,
    Mais en vain ; la chose était faite.
Il revient au tombeau conter son embarras,
    Ne sachant où trouver retraite.   170
L'esclave alors lui dit, le voyant éperdu :
    L'on vous a pris votre pendu ?
Les loix ne vous feront, dites-vous, nulle grâce ?
Si madame y consent, j'y remédierai bien.
    Mettons notre mort en la place ;   175
    Les passans n'y connaîtront rien.

La dame y consentit. O volages femelles !
La femme est toujours femme : il en est qui sont belles,
 Il en est qui ne le sont pas.
  S'il en était d'assez fidèles,   180
  Elles auraient assez d'appas.

Prudes, vous vous devez défier de vos forces :
 Ne vous vantez de rien, Si votre intention
  Est de résister aux amorces,
La nôtre est bonne aussi : mais l'exécution   185
Nous trompe également : témoin cette matrone :
 Et, n'en déplaise au bon Pétrone,
Ce n'était pas un fait tellement merveilleux,
Qu'il en dût proposer l'exemple à nos neveux.
Cette veuve n'eut tort qu'au bruit qu'on lui vit faire,   190
Qu'au dessein de mourir mal conçu, mal formé :
 Car de mettre au patibulaire,
 Le corps d'un mari tant aimé,
Ce n'était pas peut-être une si grande affaire.
Cela lui sauvait l'autre; et tout considéré,   195
Mieux vaut goujat debout, qu'empereur enterré.

NOTES

SUR LA MATRONE D'ÉPHÈSE.

(LIV. XII FAB. XXX.)

———

La Matrone, soit conte, soit histoire, est tirée de Pétrone. C'est le seul que La Fontaine ait connu et imité, mais il n'est pas le seul qui ait traité cette matière. Nous formerons donc le vœu que quelqu'un fasse connaître, dans une version fidèle, et Pétrone qui est l'original, et Apulée, et cinq à six écrivains du moyen âge ; et nous nous bornerons à quelques notes critiques sur La Fontaine.

V. 1. S'il est un conte usé, commun et rebattu, etc.

Le poëte, dans ce début vif, gai, tranchant, avoue de bonne grâce la justesse de l'objection que le sujet de la *Matrone d'Éphèse* a été traité avec succès, et y répond par ce seul vers :

V. 10. Voyons si dans mes vers je l'aurai rajeunie.

Espèce de bravade et même de défi énoncé avec une modestie aimable.

V. 12. Une dame en sagesse et vertus sans égale.

L'inversion qui porte *sans égale*, après *vertus*, occasione, non pour celui qui lit ce vers et voit l'orthographe, mais pour celui qui seulement l'entend prononcer, un moment d'embarras et d'incertitude. Il hésite ; il ne sait pas d'abord si c'est de la dame ou de sagesse et de vertus que *sans égale* est dit. Ce n'est qu'après avoir réfléchi qu'il devinera que *vertus* est au plurier et sans *égale* au singulier ; et quand vertu serait au singulier, l'équivoque resterait la même pour l'auditeur.

V. 14. Ayant su raffiner sur l'amour conjugale.

Autrefois les poëtes faisaient amour indifféremment du masculin et du féminin. On le trouve au féminin dans J.-B. Rousseau. Aujourd'hui *amour* n'est plus que masculin au singulier. La force de l'étymologie (*amor*) a ramené exclusivement l'usage au premier genre. Pourquoi les poëtes ont-ils laissé perdre cette liberté de choix entre le masculin et le féminin ? elle était favorable à la mesure et à la rime.

V. 16.   On l'allait voir par rareté.

La prose eût dit, par curiosité ; la poésie a dit, *par rareté.*

V. 18. Chaque mère à sa bru l'alléguait pour patron :

Patron est synonyme de modèle, et se dit des choses : ainsi un patron de dentelle. Malherbe, que Lafontaine connaissait bien, l'a dit des personnes :

> Belle âme ! beau patron des célestes ouvrages.

On ne l'emploie plus dans ce sens, si ce n'est quand on parle familièrement, et peut-être uniquement dans cette phrase : *se former sur un bon ou sur un mauvais patron.*

V. 20. D'elle descendent ceux de la Prudoterie.

Ce mot plaisant, qui a l'air d'un nom de terre, et dont la désinence, comme celle de *picoterie*, *bigoterie*, *pagnoterie*, est consacrée à exprimer un travers, n'a pas fait fortune. Cependant il avait pour lui l'autorité de Molière, qui fait dire à l'un de ses personnages, nous avons dans notre maison un jeu de la *prudoterie*. *Pruderie*, plus sérieux, ne dit pas autant que l'autre.

V. 29. Mainte veuve pourtant fait la déchevelée,
       Qui n'abandonne pas le soin du demeurant.

Échevelé signifie qui a les cheveux épars et en désordre ; *déchevelé*, qui a les cheveux en cet état ou par son fait ou par le fait d'autrui, et marque de plus qu'il y a eu violence. Certes, le mot est propre ici.

Qui n'abandonne pas le soin du demeurant.

Anciennement on employait *demeurant* comme substantif : *le demeurant ; le reste.* Malherbe dit dans un sonnet :

> Certes, il a privé mes yeux
> De l'objet qu'ils aiment le mieux,
> N'y mettant pas de marguerite.
> Mais pouvait il être ignorant
> Qu'une fleur de tant de mérite
> Aurait terni le demeurant ?

Dans cet exemple, le demeurant signifie *le reste des fleurs* ; dans La Fontaine, il veut dire *le reste des biens*, comme on dit encore le restant, lorsqu'il s'agit du paiement d'une somme. Ce qui aura fait proscrire le demeurant, c'est qu'il prêtait trop à l'équivoque, ou qu'il ne désignait pas assez clairement s'il fallait l'entendre d'une personne ou d'une chose.

V. 33.   Celle-ci faisait un vacarme ,
    Un bruit et des regrets à percer tous les cœurs.

Regrets, au plurier, est pris pour plaintes, doléances. On ne
dit pas *faire des regrets*, pourquoi ? c'est que *regrets* signifie
plus souvent déplaisir, chagrin d'avoir perdu , et que l'on sent
du déplaisir, que l'on éprouve du chagrin , et non pas que
l'on fait l'un ou l'autre; il passe à la suite et à la faveur de
vacarme , de bruit, et à cause de l'éloignement de *faisait* que
l'on a oublié. Au reste les Grecs emploient souvent le schême,
qui consiste à employer pour plusieurs choses un verbe qui ne
convient qu'à une seule. Voy. sur ce schême , 1°. la note de
Brunck sur l'OEdipe de Sophocle, v. 271 de l'éd. de Br. ;
2°. Hom. Il. 6, 465; 3°. Thuc. 2 , 64, 5.

V. 37. La douleur est toujours moins forte que la plainte ;
    Toujours un peu de faste entre parmi les pleurs.

La Rochefoucauld ne se serait pas exprimé avec plus de
vérité et de précision. Mais combien Molière, chez qui les
sentences sont en action dans le malade imaginaire , a de supériorité et par son genre en lui-même et par son art éton-
nant! Que cette fausse et flatteuse Béline montre bien que
la douleur est parfois moins forte que la plainte , et qu'il entre parfois du faste parmi les pleurs , lorsqu'elle dit à son
mari qui parle de lui laisser vingt mille francs en mourant :
*Mon Dieu! il ne faut point vous tourmenter de tout cela.—
Faute de vous, mon fils , je ne veux plus rester au monde.
— La vie ne me sera plus de rien ; — et je suivrai vos pas.
— Non , non , je ne veux point de cet argent. Ah !...... de
combien sont les deux billets ?*

V. 42. Chacun rendit par-là sa douleur rengrégée.

Rengréger est synonyme d'accroître , en parlant du mal ,
de la douleur. On ne s'en sert plus , même dans le style fa—

milier, ni en prose, ni en vers. Feraud regrette ce mot; est-
ce qu'il le trouvait ou noble ou harmonieux? —

V. 45. Elle entre dans sa tombe.

Il faut en convenir; il n'est pas aisé de se figurer comment
deux femmes, la Matrone et sa servante (v. 50), ont pu entrer à côté du mort dans sa tombe; c'est que nous sommes
accoutumés à n'imaginer, par tombeau ou tombe, qu'un monument d'une médiocre profondeur et de peu d'étendue.

Les *hypogées*, chez les anciens, étaient bien autre chose;
c'était de vastes souterrains où l'on entrait de plain-pied. La
Fontaine nous induit en erreur par ce mot *tombe* qu'il n'ex-
plique pas autrement, quoique Pétrone lui donne l'exemple
de la clarté par le terme *hypogée* qu'il emploie. Aussi le com-
mentateur Coste se croit-il obligé d'ajouter au texte cet
éclaircissement, *espèce de petite cave*. On est fâché contre
le poëte, ici, un peu négligent; on est tenté de l'être contre
ce bénévole interprète.

V. 52. N'ayant examiné qu'à demi ce complot.

Complot est-il bien le mot propre? ce *complot*. Suivant
Roubaud, *complot* signifie *concert* clandestin de quelques personnes unies ou liées pour abattre, détruire, par un coup
aussi efficace qu'inopiné, ce qui leur fait peine, envie, ombrage, obstacle. L'idée dominante de complot est celle d'une
entreprise compliquée, enveloppée, sourde, formée en ca-
chette par deux ou plusieurs personnes : (d'après l'usage) le
complot a pour objet de nuire, et toujours ses vues sont cri-
minelles.

Considéré comme un concert clandestin entre deux personnes, complot va bien ici; mais ce n'est qu'une partie de la
signification de ce mot. On ne peut faire abstraction de ce
qu'il veut dire encore, *projet de nuire*. Le projet de ces femmes

est d'une autre nature; elles ne se proposent rien moins qu'un acte d'héroïsme.

> V. 55. Toutes deux s'entr'aimaient; et cette passion
> Était crue avec l'âge au cœur des deux femelles.

Cette passion me choquerait, vu la distance que l'inégalité met entre elles.

Était crue : D'Olivet, de Wailly et l'académie rangent *croître* au nombre des verbes neutres qui prennent indifféremment *être* ou *avoir* pour auxiliaires : *il a crû* ou *il est crû*. Ces autorités sont irrécusables; cependant, sans attaquer la qualification de neutre donnée à *croître*, et tout en convenant qu'aujourd'hui, dans le fait, ces locutions, je suis crû, tu es crû, il est crû, sont permises (quoiqu'inusitées), j'aime cependant mieux, *cet enfant a bien crû* que *est bien crû*. Serait-ce à cause de la grande ressemblance (à l'oreille) de ce participe avec l'adjectif *cru*.

> V. 59. Comme l'esclave avait plus de sens que la dame.

Ici, encore, La Fontaine ne dit pas ce qu'il veut dire, savoir : que la servante était plus maîtresse de son esprit que la dame; qu'elle avait plus de sens, plus de raison.

> V. 60. Elle laissa passer les premiers mouvemens.

Mouvemens, trop rapproché de *ce mouvement*, du v. 48.

> V. 62. Dans l'ordinaire train des communs sentimens.

Vers inélégant, chargé d'épithètes et pléonasmes, et qui est tel que, si un autre que La Fontaine en était l'auteur, on lui rappellerait ce conseil d'Horace, *et male tornatos incudi reddere versus*.

> V. 67. Mais la dame voulait repaître encor ses yeux.

L'usage actuel n'emploie paître au figuré que dans ces deux

locutions, *paître son troupeau*, *ses ouailles du pain de la parole*, et *se paître de vent*, *de chimères*; encore bien des gens
de goût préféreraient-ils, je crois, *se repaître* à *se paître*.
Quant à paître ses yeux, son esprit, on ne le dit plus du tout.
On ne se sert plus que de *repaître*, qui, dans cette occasion,
vaut mieux en effet, parce que la particule *re*, marquant dans
les mots qu'elle compose *réduplication* ou *redoublement d'action*, rend plus fort le sens de ces termes, et convient davantage au style passionné.

V. 73.   Qu'entre d'autres de tant de sortes.

Vers de huit syllabes où se rencontrent trois *r* et quatre
terminaisons en *e* muet, c'est-à-dire, quatre fois le son de
eu, ne peut qu'être dur et lourd.

V. 77.   Qu'un inutile et long murmure
              Contre les dieux, le sort et la nature.

Le sort, synonyme de *destin*, devrait précéder *les dieux*
auxquels il est supérieur dans le système mythologique. Au
reste, la mesure des mots ne serait pas dérangée par cette
transposition.

V. 85. Pour exemple aux voleurs on l'avait LA LAISSÉ.

Là, se met toujours après le verbe : *il est venu là*, *il est
allé là*, *on l'a laissé là*. Là, avant le verbe, formerait une
prononciation dure. Qui admettrait ces locutions, *il est là
venu, il est là allé, on l'a là laissé*? De plus, l'action de venir, d'aller, de laisser, doit être montrée la première, le lieu
doit l'être après.

V. 93.   Mais la publique utilité.

En général, la place de l'adjectif est mieux après qu'avant
le substantif qu'il modifie : l'homme juste, le cœur sensible, le
père indulgent, l'utilité publique, etc. Sans doute cette règle

souffre beaucoup d'exceptions ; on la néglige, par exemple, quand il importe, pour la clarté ou la force du sens, ou pour l'harmonie, que le modificatif soit énoncé le premier : ainsi, *la vraie piété est indulgente*, *la grande utilité de l'histoire*.

V. 98.   Remplissant l'air de ses clameurs.

La glose ordinaire de *clameur* est *grand cri*, à quoi il convient d'ajouter, formée par plusieurs personnes : témoins au singulier, la clameur publique, la clameur universelle ; et au plurier, *les clameurs d'une populace mutinée*, *les clameurs de toute une assemblée*, *tandis que ces monstres barbares poussaient d'insolentes clameurs*. (Le Franc de Pompignan.)

Ainsi *cri* est le genre, *clameur* est l'espèce ; voilà l'usage. A présent peut-on dire, ou la clameur, ou les clameurs d'une seule personne ? non, en prose ; oui, en vers.

La Fontaine dit au singulier, et d'un seul :

> Une montagne en mal d'enfant
> Jettait une clameur si haute.......
> Dom pourceau criait en chemin
> Comme s'il avait eu cent bouchers à ses trousses.
> C'était une clameur à rendre les gens sourds.

Dans l'un comme dans l'autre exemple le poëte profite de ses priviléges ; et les clameurs de la montagne en travail, et les clameurs de dom pourceau que l'on mène au marché, sont telles qu'on croirait volontiers entendre toute une multitude.

On traduirait bien par clameurs, *clamores* dans ce vers de Virgile sur Laocoon,

> *Clamores simul horrendos ad sidera tollit.*

L'abbé Girard remarque ingénieusement, sur *cri* et *clameur*, que le dernier de ces mots ajoute à l'autre une idée de ridicule, raison de plus pour approuver La Fontaine qui se rit de l'impertinence de dom pourceau trop peureux, et de l'hypocrite veuve.

V. 103. Occupée à ses pleurs, à peine elle entendit
Toutes ces demandes frivoles.

Voilà une faute non-seulement excusable, mais louable
peut-être ; mais rappelons les principes.

Certainement *être occupé* régit *de* devant les noms : ainsi,
Marc Aurèle n'était occupé que de la félicité des Romains
(Thomas) ; *fortement occupé de la solution d'un problème ,
Archimède ne put entendre ce soldat qui le tua* (Rollin).

Occupé régit *à* devant les verbes : ainsi, *à quoi étiez-vous
occupé?* à me divertir (Fontenelle).

Il est vrai que Voltaire dit : *occupé d'abaisser la maison
d'Autriche, Richelieu* etc. ; mais ce n'est que par ellipse. Cette
locution, *occupé d'abaisser la maison d'Autriche,* contient
une ellipse, et est pour *occupé du soin de.* C'est une suite et
une continuation de l'usage qui fait régir *de,* par *occupé,* de
vant les noms.

La Fontaine devait donc à la rigueur écrire, *occupée de ses
pleurs* ; mais *occupée de ses pleurs,* et *occupée à ses pleurs,*
ne sont rien moins que synonymes. La préposition *de* devant
un nom, après *occupé,* marque seulement de la part de celui
dont on parle, la direction de sa pensée. Cette phrase, *Marc
Aurèle était occupé de la félicité des Romains,* signifie que
sa pensée, son esprit se dirigeaient là. *Occupé à,* renfermant
une autre idée, marque un travail, un ouvrage actuel : ainsi,
*occupé à coudre, à filer, à écrire, à préparer telle ou telle
chose.* Or c'est précisément le cas de la veuve : elle travaille
pour ainsi dire, elle compose, elle se délecte à voir couler
ses larmes.

Occupée à ses pleurs, c'est comme si le poëte eût dit, *occupée à pleurer. Occupée de ses pleurs,* dont la mesure ne
pouvait s'accommoder, n'eût pas eu un sens aussi fin. Grâce et
louanges même pour de pareilles fautes.

V. 109. Nous avons fait serment, ajouta la suivante,
(*la servante*, quelques édit.)
De nous laisser mourir de faim et de douleur.

Qu'on se représente l'air d'assurance affecté, la modestie de commande, le sang-froid hypocrite de cette héroïne, si prompte à parler et si peu résolue de mourir ; qu'on prenne garde à cette parité qu'elle établit entre elle et sa maîtresse par ce mot *nous*, et à la teinte de comique qu'offrent à la fois son attitude et son discours ; que l'on joue ces deux vers, et l'on reconnaîtra combien Molière, le peintre des mœurs par excellence, était juste en admirant La Fontaine.

V. 111. Encor que le soldat fût mauvais orateur,
Il leur fit concevoir ce que c'est que la vie.

Vers d'une naïveté exquise ! Elles étaient si neuves, si niaises, si éperdues de douleur avant la venue de ce soldat ! elles avaient oublié tout-à-fait, elles ne concevaient pas ce que c'est que la vie.

V. 116. .... Si la foi du serment,
Poursuivit le soldat, vous défend l'aliment.
(*répondit*, div. édit.)
Voyez moi manger seulement,
Vous n'en mourrez pas moins. Un tel tempérament......

Cette négligence de quatre rimes masculines, accumulées sans nécessité, ne peut se comprendre. *Si* la foi du serment vous défend l'aliment, n'est pas d'un style élégant.

V. 121. Conclusion qu'il obtint d'elles
Une permission d'apporter son soupé :
Ce qu'il fit ; et l'esclave eut le cœur fort tenté......

Aujourd'hui on ne met point de *que* après conclusion employé pour synonyme de *bref*, *enfin* ou *somme toute*. La raison en est, je crois, que l'on pourrait quelquefois ; par

exemple ici, regarder le *que* comme pronom relatif de conclusion. Pourquoi *une* ? c'est *la* qu'il faut. *Soupé* ne rime point
avec *tenté*, parce que les rimes en *pé* ou en *té*, loin de manquer, abondent, et qu'on a de quoi choisir. J'en dis autant
de la rime de *voulons* avec *maisons* (v. 131, 133), et *attendons* (v. 134).

> V. 136. Voulez-vous emporter vos appas chez les morts?
> Que vous servira-t-il d'en être regardée !

Jamais observation ne fut plus juste, plus convaincante.

> V. 138. Tantôt, en voyant les trésors
> Dont le ciel prit plaisir d'orner votre visage.

Prendre plaisir ne régit que la préposition *à*. Opposons
l'élégant Racine à La Fontaine, ici incorrect. On lit dans
Iphigénie,

> La haine a pris plaisir à former ma misère.

> V. 141. 144. *Tout cela.—S'éveilla.—Il tira.—Il entama.*
Quatre rimes masculines de suite ; quatre rimes défec-
tueuses, suivies de celles d'*éclat* et *délicat* (v. 146, 147),
qui ont encore non la même orthographe, mais le même son.

Elle avait sous ses pleurs de l'éclat (v. 146), mauvaise
construction, ce semble. Il faudrait : ou elle avait de l'éclat
sous ses pleurs ; ou, sous ses pleurs elle avait de l'éclat.

> V. 151. Tout y fit : une belle alors qu'elle est en larmes,
> (*tout y prit*, quelques édit.)
> En est plus belle de moitié.

Avant que La Fontaine écrivît, Malherbe avait introduit
dans les vers, *alors que* pour *lorsque*. Vaugelas blâmait cette
innovation poétique ; Richelet la permet aux versificateurs
seulement. L'Académie, trop discrète, n'en parle ni pour ni
contre dans son dictionnaire. Cette locution commode et sonore était devenue surannée ; et, quand elle se rencontrait
par hasard, la critique ne manquait pas de la noter comme

vicieuse et de mauvais goût. Voltaire, le premier, l'a réhabilitée avec éclat dans le style familier et dans le style noble ; et son exemple, d'abord combattu, ne trouve plus aujourd'hui de contradicteurs.

V. 157. Il fait tant que de plaire : et se rend en effet
 Plus digne d'être aimé que le mort le mieux fait.

Faire tant que de, idiotisme tout-à-fait particulier au français. Après *que*, il y a évidemment ellipse de plusieurs mots, comme, *il lui arrive de*.

Et se rend en effet plus digne d'être aimé que le mort le mieux fait, cela n'est pas difficile à croire ; mais il était difficile de le dire avec autant d'esprit et de gaîté.

V. 159.   Il fait tant enfin qu'elle change.

Après *change*, il faut sous-entendre *de résolution*, ellipse fort peu usitée.

V. 161. De l'un à l'autre il fait cette femme passer.

Fait, répété cinq fois en cinq vers ! *fait*, *effet* (v. 157), et *fit*, v. 151 ; répétition qui, dans les cinq vers, sert à mieux exprimer et les ressources et les progrès du soldat, et, par cette raison, peut-être non à blâmer.

V. 163. Elle écoute un amant : elle en fait un mari.

Cette circonlocution, ce détour que la décence avoue, ne vaut-il pas bien mieux que la crudité trop claire de Pétrone (*ne hanc quidem partem corporis abstinuit*).

Quelle différence entre cette circonlocution que la décence avoue, et qui laisse ou plutôt fait deviner ce qu'elle cache, et la choquante clarté de l'original, *ne hanc quidem partem corporis abstinuit :* puisque ce latin, dans les mots, brave l'honnêteté, je ne traduirai pas du tout ce latin.

Si ce Pétrone est le consul que Néron appelait l'arbitre du

goût et de tout ce qu'il y a d'élégant, il faut convenir qu'ici, du moins pour les lecteurs français, il dément ce titre.

V. 165. Pendant cet hyménée.

Est emprunté de l'auteur latin, *nuptias fecerunt.* — *Un voleur se hasarde d'enlever le dépôt. Se hasarder* régit ordinairement *à* devant les noms et les verbes; cependant il y a des exemples de *se hasarder de*, cela suffit avec raison aux versificateurs.

V. 167. Il en entend le bruit.

Dans les règles de la construction, *il* se rapporte au sujet de la phrase précédente, *un voleur.* Dans le fait et dans l'intention de l'auteur, *il* se rapporte au garde, équivoque qu'on n'aime pas à rencontrer.

Il en entend ; en en end, consonances qu'il fallait et qu'on pouvoit aisément éviter en répétant *garde*, et en disant, *le garde entend le bruit.*

V. 174. Si madame y consent, j'y remédierai bien.
     Mettons notre mort en la place. (*à la place*, div. édit.)

Le poëte français met sur le compte de la servante la première idée de cet expédient. L'auteur latin y fait moins de façons, et l'attribue à la maîtresse elle-même, qu'ensuite il appelle *mulier prudentissima*, femme pleine de prudence. Le quel des deux a mieux connu le caractère des femmes de tout pays et de toute condition, a deviné plus heureusement la vérité, a peint plus fidèlement la nature ? c'est cet impoli de Pétrone. Partout, et quelque soit son rang, la femme, nouvellement et fortement éprise, et menacée de perdre tout à l'heure celui qu'elle aime, laisse là les convenances et néglige jusqu'aux simagrées. Elle excelle en subites inventions, n'importe lesquelles.

V. 177. La dame y consentit. O volages femelles!
La femme est toujours femme.........

. . . .
S'il en était d'assez fidèles,
Elles auraient assez d'appas.

Chaste conteur ! cela vous plaît à dire. Remarquons cet air
de désintéressement stoïque sur les appas des femmes.

Cette épisode renferme des idées un peu communes, des
vers qui ne sont pas tous ni aisés à entendre, ni même bien
pensés.

V. 182. Prudes. . . . .
. . . . Si votre intention
Est de résister aux amorces,
La nôtre est bonne aussi. . . . .

La nôtre, celle de beaucoup d'hommes, est ordinairement
d'attaquer, de séduire, de vaincre : est-ce là ce que le poëte
trouve bon ?

V. 186. . . . . Témoin cette matrone.

Pour, *témoin l'histoire de cette matrone.*

V. 188. Ce n'était pas un fait tellement merveilleux,
Qu'il en dût proposer l'exemple à nos neveux.

De quelle partie du fait parle-t-on ? la résolution de la veuve
est certainement extraordinaire et faite pour étonner à Paris
comme à Éphèse (v. 11). Si ce dévouement n'avait rien de
merveilleux, sur quoi serait fondé l'intérêt que cause la coutume des femmes de Madagascar, dont le théâtre tragique a
fait son profit.

V. 190. Cette veuve n'eut tort qu'au bruit qu'on lui vit faire.

On ne dit pas avoir tort *à quelque chose*, mais *dans* ou *en*
quelque chose. Encore, *cette veuve n'eut tort que dans le bruit*,
est-il une locution peu heureuse !

V. 192.   ...... Mettre au patibulaire.

Patibulaire est adjectif ; ainsi, *les fourches patibulaires.*
La Fontaine seul en fait ici un substantif, lequel n'est pas
reçu.

V. 196. Vaut mieux goujat debout, qu'empereur enterré.

Goujat, valet de soldat, va bien ici à cause de la condition
du héros de l'avanture.

Au reste, ce badinage long, embarrassé, forcé, ne vaut
pas à beaucoup près le trait inattendu, précis autant qu'il est
gai, par où Pétrone finit sa narration ; car le lendemain le
peuple d'Éphèse admira comment un mort avait pu aller au
gibet.

BELPHÉGOR,

NOUVELLE TIRÉE DE MACHIAVEL.

(FABLE 31.)

———

Un jour Satan, monarque des enfers,
Faisait passer ses sujets en revue.
Là, confondus, tous les états divers,
Princes et rois, et la tourbe menue,
Jetaient maint pleur, poussaient maint et maint cri,   5
Tant que Satan en était étourdi.
Il demandait, en passant, à chaque âme :
Qui t'a jetée en l'éternelle flamme?
L'une disait : Hélas ! c'est mon mari :
L'autre aussitôt répondait : C'est ma femme.   10
Tant et tant fut ce discours répété,
Qu'enfin Satan dit en plein consistoire :
Si ces gens-ci disent la vérité,
Il est aisé d'augmenter notre gloire.
Nous n'avons donc qu'à le vérifier.   15
Pour cet effet, il nous faut envoyer
Quelque démon plein d'art et de prudence,
Qui, non content d'observer avec soin

Tous les hymens dont il sera témoin,
Y joigne aussi sa propre expérience. 20
Le prince ayant proposé sa sentence,
Le noir sénat suivit tout d'une voix.
De Belphégor aussitôt on fit choix.
Ce diable était tout yeux et tout oreilles,
Grand éplucheur, clairvoyant à merveilles : 25
Capable enfin de pénétrer dans tout,
Et de pousser l'examen jusqu'au bout.
Pour subvenir aux frais de l'entreprise,
On lui donna mainte et mainte remise,
Toutes à vue, et qu'en lieux différens 30
Il pût toucher par des correspondans.
Quant au surplus, les fortunes humaines,
Les biens, les maux, les plaisirs et les peines,
Bref, ce qui suit notre condition
Fut une annexe à sa légation. 35
Il se pouvait tirer d'affliction,
Par ses bons tours et par son industrie :
Mais non mourir, ni revoir sa patrie,
Qu'il n'eût ici consumé certain temps.
Sa mission devait durer dix ans. 40
Le voilà donc qui traverse et qui passe
Ce que le ciel voulut mettre d'espace
Entre ce monde et l'éternelle nuit :
Il n'en mit guère ; un moment y conduit.
Notre démon s'établit à Florence, 45
Ville, pour lors, de luxe et de dépense :
Même il la crut propre pour le trafic.
Là, sous le nom du seigneur Roderic,
Il se logea, meubla comme un riche homme,
Grosse maison, grand train, nombre de gens, 50

Anticipant tous les jours sur la somme
Qu'il ne devait consumer qu'en dix ans.
On s'étonnait d'une telle bombance.
Il tenait table, avait de tous côtés
Gens à ses frais, soit pour ses voluptés,　　　55
Soit pour le faste et la magnificence.
L'un des plaisirs où plus il dépensa,
Fut la louange. Apollon l'encensa :
Car il est maître en l'art de flatterie.
Diable n'eut onc tant d'honneurs en sa vie.　　　60
Son cœur devint le but de tous les traits
Qu'Amour lançait : il n'était point de belle
Qui n'employât ce qu'elle avait d'attraits
Pour le gagner, tant sauvage fût-elle :
Car de trouver une seule rebelle,　　　65
Ce n'est la mode à gens de qui la main,
Par les présens, s'applanit tout chemin.
C'est un ressort en tous desseins utile.
Je l'ai jà dit, et le redis encor,
Je ne connais d'autre premier mobile,　　　70
Dans l'univers, que l'argent et que l'or.
Notre envoyé cependant tenait compte
De chaque hymen, en journaux différens ;
L'un, des époux satisfaits et contens,
Si peu rempli, que le diable en eut honte.　　　75
L'autre journal incontinent fut plein.
A Belphégor il ne restait enfin
Que d'éprouver la chose par lui-même.
Certaine fille à Florence était lors,
Belle et bien faite, et peu d'autres trésors,　　　80
Noble d'ailleurs, mais d'un orgueil extrême ;
Et d'autant plus, que de quelque vertu

Un tel orgueil paraissait revêtu.
Pour Roderic on en fit la demande.
Le père dit que madame Honesta,   85
(C'était son nom) avait eu jusques-là
Force partis; mais que parmi la bande
Il pourrait bien Roderic préférer,
Et demandait temps pour délibérer.
On en convient. Le poursuivant s'applique   90
A gagner celle où ses vœux s'adressaient.
Fêtes et bals, sérénades, musique,
Cadeaux, festins, bien fort appétissaient,
Altéraient fort les fonds de l'ambassade.
Il n'y plaint rien, en use en grand seigneur,   95
S'épuise en dons. L'autre se persuade
Qu'elle lui fait encor beaucoup d'honneur.
Conclusion, qu'après force prières,
Et des façons de toutes les manières,
Il eut un oui de madame Honesta.   100
Auparavant le notaire y passa,
Dont Belphégor se moquant en son âme,
Hé quoi, dit-il, on acquiert une femme
Comme un château ! ces gens ont tout gâté.
Il eut raison : ôtez d'entre les hommes   105
La simple foi, le meilleur est ôté.
Nous nous jetons, pauvres gens que nous sommes,
Dans les procès en prenant le revers.
Les si, les car, les contrats sont la porte
Par où la noise entre dans l'univers :   110
N'espérons pas que jamais elle en sorte.
Solennités et lois n'empêchent pas
Qu'avec l'Hymen Amour n'ait des débats :
C'est le cœur seul qui peut rendre tranquille.

Le cœur fait tout, le reste est inutile.   115
Qu'ainsi ne soit, voyons d'autres états.
Chez les amis tout s'excuse, tout passe :
Chez les amans tout plaît, tout est parfait :
Chez les époux tout ennuie et tout lasse.
Le devoir nuit ; chacun est ainsi fait.   120
Mais, dira-t-on, n'est-il en nulles guises
D'heureux ménage ? Après mûr examen,
J'appelle un bon, voire un parfait hymen,
Quand les conjoints se souffrent leurs sottises.

Sur ce pied-là c'est assez raisonné.   125
Dès que chez lui le diable eut amené
Son épousée, il jugea par lui-même
Ce qu'est l'hymen avec un tel démon :
Toujours débats, toujours quelque sermon
Plein de sottise en un degré suprême.   130
Le bruit fut tel que madame Honesta
Plus d'une fois les voisins éveilla :
Plus d'une fois on courut à la noise.
Il lui fallait quelque simple bourgeoise,
Ce disait-elle : un petit trafiquant   135
Traiter ainsi les filles de mon rang !
Méritait-il femme si vertueuse ?
Sur mon devoir je suis trop scrupuleuse :
J'en ai regret, et si je faisais bien......
Il n'est pas sûr qu'Honesta ne fît rien :   140
Ces prudes-là nous en font bien accroire.
Nos deux époux, à ce que dit l'histoire,
Sans disputer n'étaient pas un moment.
Souvent leur guerre avait pour fondement
Le jeu, la jupe, ou quelque ameublement   145

D'été, d'hiver, d'entre-temps, bref un monde
D'inventions propres à tout gâter.
Le pauvre diable eut lieu de regretter
De l'autre enfer la demeure profonde.
Pour comble enfin, Roderic épousa   150
La parenté de madame Honesta,
Ayant sans cesse et le père et la mère,
Et la grand'sœur avec le petit frère,
De ses deniers mariant la grand'sœur ;
Et du petit payant le précepteur.   155
Je n'ai pas dit la principale cause
De sa ruine, infaillible accident ;
Et j'oubliais qu'il eut un intendant.
Un intendant ! qu'est-ce que cette chose ?
Je définis cet être, un animal   160
Qui, comme on dit, sait pêcher en eau trouble ;
Et plus le bien de son maître va mal,
Plus le sien croît, plus son profit redouble,
Tant qu'aisément lui-même achèterait
Ce qui de net au seigneur resterait,   165
Dont par raison bien et dûment déduite
On pourrait voir chaque chose réduite
En son état, s'il arrivait qu'un jour
L'autre devînt intendant à son tour :
Car, regagnant ce qu'il eut étant maître,   170
Ils reprendraient tous deux leur premier être.
Le seul recours du pauvre Roderic,
Son seul espoir était certain trafic
Qu'il prétendait devoir remplir sa bourse,
Espoir douteux, incertaine ressource.   175
Il était dit que tout serait fatal
A notre époux ; ainsi tout alla mal.

Ses agens, tels que la plupart des nôtres,
En abusaient. Il perdit un vaisseau,
Et vit aller le commerce à vau-l'eau.   180
Trompé des uns, mal servi par les autres,
Il emprunta. Quand ce vint à payer,
Et qu'à sa porte il vit le créancier,
Force lui fut d'esquiver par la fuite,
Gagnant les champs, où de l'âpre poursuite   185
Il se sauva chez un certain fermier,
En certain coin remparé de fumier.
A Mathéo, c'était le nom du sire,
Sans tant tourner, il dit ce qu'il était;
Qu'un double mal chez lui le tourmentait;   190
Ses créanciers et sa femme encor pire :
Qu'il n'y savait remède que d'entrer
Au corps des gens, et de s'y remparer,
D'y tenir bon : irait-on là le prendre?
Dame Honesta viendrait-elle y prôner   195
Qu'elle a regret de se bien gouverner?
Chose ennuyeuse, et qu'il est las d'entendre;
Que de ces corps trois fois il sortirait,
Sitôt que lui, Mathéo, l'en prierait :
Trois fois sans plus, et ce, pour récompense   200
De l'avoir mis à couvert des sergens.
Tout aussitôt l'ambassadeur commence
Avec grand bruit d'entrer au corps des gens.
Ce que le sien, ouvrage fantastique,
Devint alors, l'histoire n'en dit rien.   205
Son coup d'essai fut une fille unique
Où le galant se trouvait assez bien :
Mais Mathéo, moyennant grosse somme,
L'en fit sortir au premier mot qu'il dit :

C'était à Naple ; il se transporte à Rome,   210
Saisit un corps : Mathéo l'en bannit,
Le chasse encore : autre somme nouvelle.
Trois fois enfin, toujours d'un corps femelle,
Remarquez bien, notre diable sortit.
Le roi de Naple avait lors une fille,   215
Honneur du sexe, espoir de sa famille :
Maint jeune prince était son poursuivant :
Là, d'Honesta Belphégor se sauvant,
On ne le put tirer de cet asile.
Il n'était bruit, aux champs comme à la ville,   220
Que d'un manant qui chassait les esprits.
Cent mille écus d'abord lui sont promis.
Bien affligé de manquer cette somme
(Car les trois fois l'empêchaient d'espérer
Que Belphégor se laissât conjurer),   225
Il la refuse : il se dit un pauvre homme,
Pauvre pécheur, qui, sans savoir comment,
Sans dons du ciel, par hasard seulement,
De quelque corps a chassé quelque diable,
Apparemment chétif et misérable,   230
Et ne connaît celui-ci nullement.
Il a beau dire ; on le force, on l'amène,
On le menace, on lui dit que sous peine
D'être pendu, d'être mis haut et court
En un gibet, il faut que sa puissance   235
Se manifeste avant la fin du jour.
Dès l'heure même on vous met en présence
Notre démon et son conjurateur.
D'un tel combat le prince est spectateur.
Chacun y court, n'est fils de bonne mère,   240
Qui pour le voir ne quitte toute affaire.

D'un côté ont le gibet et la hart,
Cent mille écus bien comptés d'autre part.
Mathéo tremble, et lorgne la finance.
L'esprit malin voyant sa contenance,   245
Riait sous cape, alléguait les trois fois,
Dont Mathéo suait dans son harnois,
Pressait, priait, conjurait avec larmes :
Le tout en vain. Plus il est en alarmes,
Plus l'autre rit. Enfin le manant dit   250
Que sur ce diable il n'avait nul crédit.
On vous le happe et mène à la potence.
Comme il allait haranguer l'assistance,
Nécessité lui suggéra ce tour.
Il dit tout bas qu'on battît le tambour ;   255
Ce qui fut fait : de quoi l'esprit immonde
Un peu surpris, au manant demanda :
Pourquoi ce bruit ? coquin, qu'entends-je là ?
L'autre répond : c'est madame Honesta
Qui vous réclame, et va par tout le monde   260
Cherchant l'époux que le ciel lui donna.
Incontinent le diable décampa,
S'enfuit au fond des enfers, et conta
Tout le succès qu'avait eu son voyage.
Sire, dit-il, le nœud du mariage   265
Damne aussi dru qu'aucuns autres états.
Votre grandeur voit tomber ici-bas,
Non par flocons, mais menu comme pluie,
Ceux que l'hymen fait de sa confrérie ;
J'ai par moi-même examiné le cas.   270
Non que de soi la chose ne soit bonne,
Elle eut jadis un plus heureux destin ;
Mais comme tout se corrompt à la fin,

Plus beau fleuron n'est en votre couronne.
Satan le crut : il fut récompensé,   275
Encor qu'il eût son retour avancé.
Car qu'eût-il fait? Ce n'était pas merveilles,
Qu'ayant sans cesse un diable à ses oreilles,
Toujours le même, et toujours sur un ton;
Il fût contraint d'enfiler la venelle :   280
Dans les enfers encore en change-t-on.
L'autre peine est, à mon sens, plus cruelle.
Je voudrais voir quelques gens y durer.
Elle eût à Job fait tourner la cervelle.

De tout ceci que prétends-je inférer?   285
Premièrement, je ne sais pire chose
Que de changer son logis en prison ;
En second lieu, si par quelque raison
Votre ascendant à l'hymen vous expose,
N'épousez point d'Honesta, s'il se peut :   290
N'a pas pourtant une Honesta qui veut.

BELPHÉGOR.

NOUVELLE TIRÉE DE MACHIAVEL.

La Fontaine est encore imitateur dans ce conte. Je dois d'abord faire connaître l'original. Je vais pour cela, tantôt traduire Machiavel, tantôt l'analyser seulement, et entremêler cette notice d'observations critiques. Il m'a été impossible de faire usage d'une version française de cette nouvelle, par Tannegui Lefèvre (1), père de madame Dacier. Ce savant à qui, suivant le père Niceron, on reprochait de son temps d'imiter trop dans ses écrits l'enflure de Balzac, y a trop imité aussi l'afféterie de Voiture. Ici surtout, il se montre tout à la fois traducteur infidèle et bel esprit pénible ; il fait dire à son auteur ce qu'il n'a pas dit ou ce qu'il aurait dit autrement. Par exemple que, sur le rapport *qui fut fait devant le vénérable sénat des enfers, Pluton, sans en communiquer avec sa femme qui fut malade toute cette semaine, assembla toutes les chambres, les princes, les ducs et pairs, et que jamais la compagnie ne fut si belle.* Ces plaisanteries forcées et beaucoup

(1) Voyez le mariage de Belphégor, de Lefebre, Saumur, 1664.

d'autres du même genre sont gratuitement prêtées à Machiavel. Du modèle je passerai à la copie; et je les comparerai, quand il le faudra, l'un avec l'autre.

Machiavel suppose qu'il écrit d'après l'autorité d'une vieille chronique de Florence, qui apprend qu'autrefois un saint personnage très-renommé, étant en prières, eut la vision d'un nombre infini d'hommes qui, après être morts dans la disgrâce de Dieu, s'en allaient en enfer attribuant tout ce malheur à celui d'avoir pris femme. Mais pourquoi Machiavel invoque-t-il l'autorité d'une ancienne légende ? Les auteurs de fictions merveilleuses et badines n'ont-ils pas le droit d'entrer d'abord en matière, de se passer d'échafaudage, de ne citer aucun témoin, et de narrer en leur propre nom ; ne sont-ils pas de la classe des poëtes ; ne sont ils pas des êtres inspirés, à qui un dieu, soit Apollon, soit Momus, révèle les faits les plus extraordinaires et les plus grands secrets ?

L'auteur italien incidente sur la surprise des juges infernaux, sur la résolution prise de convoquer une assemblée, sur le discours du monarque qui, malgré ses droits de souverain, veut bien consulter ; qui craint, si l'on prononce d'après le dire de tous ces hommes, qu'on ne l'accuse de cruauté, et si l'on ne prononce pas, qu'on ne le taxe d'indifférence pour la justice : sentimens fort beaux, mais qui étonnent dans la bouche du dieu surnommé tant de fois injuste et barbare.

On délibère. Les uns pensent que, pour s'assurer de la vérité du fait, il faut envoyer sur la terre plusieurs habiles observateurs : d'autres qu'il serait plus sage de n'en envoyer qu'un qui examinerait tout ; et qui, devenant mari, joindrait à ses remarques sur autrui sa propre expérience. Cette dernière opinion triomphe.

C'est la moins bonne, puisqu'elle a l'inconvénient de ne soumettre à l'examen qu'une femme, et que la saine logique avertissait les opinans de ne point s'exposer au risque de conclure du particulier au général. D'ailleurs un plus grand nombre d'envoyés eût servi, en multipliant les épreuves, à mieux constater les torts reprochés au sexe, à signaler la fécondité de l'écrivain, à faire naître pour le plaisir des lecteurs, maintes scènes singulières, sans que l'aventure de Belphégor cessât d'être l'action dominante et principale.

Comme personne ne s'offrait pour cette commission, on tira au sort; il tomba sur Belphégor. Jadis il fut archange dans le ciel; aujourd'hui Machiavel, qui veut l'honorer, le nomme archidiable. Il fallut accepter; ce ne fut pas sans répugnance qu'il obéit. Il avait été stipulé que l'agent recevrait sur-le-champ cent mille ducats; qu'il s'en irait sur la terre sous la forme humaine; qu'il s'y marierait, resterait avec sa femme dix ans, s'il pouvait; qu'au bout de ce terme, il aurait l'air de mourir et s'en reviendrait en enfer, où il ferait son rapport pour et contre le mariage. Il avait été dit encore, qu'il serait soumis à tous les maux de l'humanité, comme maladies, pauvreté, prisons, etc., permis à lui, néanmoins, d'employer l'astuce, quand il voudrait, pour se tirer d'un pas difficile. Voilà Belphégor dans le monde avec des équipages, des gens et un train. Il fait une entrée brillante à Florence, dont il a préféré le séjour, par la raison qu'il pourra plus aisément là qu'ailleurs exercer l'usure; son nouveau nom est Roderic. Il loue une maison dans le faubourg de tous les saints. Pour dérouter les curieux, il répond qu'il est d'Espagne, d'où il partit encore enfant pour la Syrie; qu'après s'être

enrichi à Alep, il est venu en Italie par un sentiment
d'estime naturel pour les pays où règnent des mœurs
douces et humaines ; qu'il est dans l'intention de se
marier. Sa belle figure, son âge d'environ trente ans,
ses libéralités, sa magnificence soutenue, indice tout à
la fois d'opulence et de bon cœur, tout concourt à lui
attirer les caresses de plusieurs pères de famille des plus
nobles. Il préfère la charmante Honesta, fille d'un très-
bon gentilhomme et ayant trois frères et trois sœurs.
Tout ce monde est d'âge nubile : d'abord Roderic, fit
seul la dépense de son mariage, et rien ne manqua à la
fête. A ce goût pour l'éclat et le faste, il joignit bientôt
celui des louanges et de l'adulation, et il paya largement
l'adulation et les louanges ; et puis, pour comble de faiblesse, il s'avise après coup, de devenir amoureux
fou d'Honesta. Quand elle était triste, il était dé-
sespéré; or, les accès de tristesse de la dame n'étaient
pas rares ; autant on en peut dire de son orgueil. Belphégor qui se connaissait en orgueil, grâces à tels et
tels mauvais anges, avouait que Lucifer même en avait
moins que sa femme. La découverte qu'elle fit de la
passion que ses charmes avaient inspirée à son mari
ne pouvait qu'augmenter sa fierté. Elle conclut qu'elle
pouvait le dominer toujours et en tout. Malheur à lui,
lorsqu'elle le trouvait contraire à ses moindres volontés.
Les injures mordantes ne lui étaient pas épargnées : qu'on
juge de son déplaisir; mais la considération de son beau-
père et de ses beaux-frères, et surtout son grand amour
pour elle, faisaient qu'il avait patience. Ne parlons pas
des grosses sommes qu'il lui en coûtait pour la vêtir
suivant la mode, toujours changeante à Florence. Il fallut
encore, pour avoir la paix, aider le beau-père à marier

les trois sœurs restantes (ce qu'il fit grandement), puis envoyer l'un des garçons vendre des draps au Levant, l'autre trafiquer en soieries au couchant. Il fallut ouvrir à Florence des magasins en faveur du troisième; la majeure partie de sa fortune y alla. Autre misère. Au temps du carnaval et de la Saint-Jean, où les nobles et les riches se fêtaient à qui mieux mieux, madame voulait que son mari surpassât tout le monde en festins et en somptuosités; c'est-à-dire, qu'elle ne voulait pas qu'aucune femme parût plus qu'elle. Ce n'est pas tout encore, la signora était si impérieuse, si difficultueuse, si querelleuse que ni valets, ni hommes d'office n'y pouvaient durer; ensorte que les diables mêmes qu'il avait amenés avec lui, aimèrent mieux s'en retourner chez eux. Roderic était aux abois : il est certain qu'il avait bien des sujets de plainte; mais l'auteur italien pouvait en inventer d'autres encore : et les mœurs et le caractère des femmes de son pays lui donnaient beau champ.

Cependant Roderic est bientôt ruiné; il n'a plus d'espoir que dans les cargaisons qu'il attend de l'Asie et de l'Europe. A la vérité, son crédit lui fait obtenir des sommes assez considérables de quelques prêteurs sur gages; mais le temps se passe, rien n'arrive et il ne paie point. O fatalité! il apprend enfin que l'un de ses beaux-frères, joueur déterminé, a perdu tout son bien, ou plutôt celui de Roderic, et que l'autre, en revenant à Florence, sur un navire non assuré, a péri avec ses marchandises. Cependant ses créanciers, instruits de ces fâcheuses nouvelles, s'assemblent.

Je ne puis m'empêcher d'observer que ces deux désastres fortuits ne sont pas proprement du fait de madame Honesta. Il y aurait eu plus d'art, je crois, à créer des

12

événemens malheureux dont elle eut été la seule cause.

On était convenu de surveiller de près Roderic de peur qu'il n'échappât ; mais bien convaincu que le mal était sans remède, il prit un cheval et s'évada, d'autant plus aisément, qu'il demeurait près de la porte du Pré. Sa fuite fut bientôt sue : et créanciers de faire courir après lui par des hommes à cheval, et d'y courir ensuite eux-mêmes tous ensemble ; mais le rusé Belphégor avait, au bout d'une demi-lieue quitté le grand chemin, laissé là sa monture, et, dans ce pays, coupé de quantité de fossés, couvert de vignes et de roseaux, se sauvait à pied. Par bonheur pour lui, il rencontra un métayer nommé Matléo, qui reconduisait des bœufs à la maison. Notre fuyard le pria de le délivrer d'ennemis qui voulaient le faire mourir en prison. Pour prix de ce service signalé, il lui promit de le rendre riche, protestant qu'il consentait à leur être livré, s'il manquait à sa parole. Le rustique ne manquait pas de sens ; il goûta la proposition, et tout d'un temps il le cacha dans un tas de fumier qu'il recouvrit d'herbages et de menu bois ; puis la bande étant arrivée, et l'ayant interrogé, non sans lui faire des menaces, il les déconcerta tellement par ses réponses négatives, qu'après quelques courses, ils se persuadèrent que Roderic n'était plus dans le pays et s'en retournèrent à Florence plus fatigués que contens. Matteo s'étant hâté de le tirer de son sale asile, le supplia d'accomplir sa promesse. A quoi Roderic se montra fidèle ; il poussa même la gratitude et la confiance jusqu'à lui raconter en grand détail et avec une extrême sincérité, ce qu'il était véritablement et toutes ses aventures. « Sache, mon frère, lui dit-il, que sitôt » que l'on entendra dire que quelque femme a le diable » au corps, elle n'aura point d'autre diable que moi, et

» je ne sortirai point que tu ne viennes toi-même m'y
» contraindre. Tu sauras bien, je crois, te faire payer de
» ton opération. »

Il dit et disparaît. Peu de temps après, la grande nouvelle
de la ville fut que la fille de messire Ambroise Amédée,
était possédée. Envain le père et la mère employaient
tous les moyens. Belphégor les rendait inutiles : et pour
qu'on vît que c'était une possession bien et dûment con-
ditionnée, et non une imagination de femme et telle autre
bagatelle, la dame parlait latin, disputait de philosophie.
Chacun était ébahi de ces merveilles. Cependant messire
Ambroise se désespérait, lorsque Mattéo vint à lui, et
promit de guérir la malade, s'il voulait lui donner cinq
cents florins, pour acheter une terre. Ce parti accepté,
Mattéo emploie des cérémonies de son invention, afin
d'embellir la chose. Après quoi, il s'approche de l'oreille
de la dame et dit : « Roderic, je suis venu à toi pour te
sommer de me tenir parole. » Roderic trouva la somma-
tion juste, et il ajouta que l'occasion présente ne suffisant
pas pour enrichir Mattéo tout d'un coup, il le prévenait
qu'au sortir de madame Thébalducci, il entrerait dans
la fille de Charles roi de Naples. « Je ne partirai de là,
dit-il, qu'à ta réquisition ; tu te feras récompenser
comme tu le jugeras à propos ; mais n'aie plus recours à
moi. » à ces mots Roderic sort au grand étonnement et
à la grande satisfaction de tout Florence. Ce qu'il venait
d'annoncer, il l'exécuta bientôt, et il n'était bruit dans
toute l'italie que de l'accident arrivé à la fille du roi
Charles. Le monarque ayant entendu parler du paysan,
le fit venir à sa cour, et celui-ci à la suite d'un beau
cérémonial, guérit la princesse. Mais Roderic, avant de
partir, lui tint ce discours : « Tu vois, Jean Mattéo, si

j'ai manqué à mes engagemens ; te voilà riche et me voilà quitte envers toi ; garde-toi donc de me rien demander dorénavant, parce qu'après t'avoir fait du bien, je ne te ferais plus que du mal. » N'en déplaise à Machiavel, cette menace de son Belphégor a trop l'air d'un caprice ; elle devrait être motivée. Le Démon ambulant ne peut-il pas dire, par exemple, qu'il est las de changer de gîte si souvent ? faute de cette attention, n'est-il pas vrai que l'auteur lui prête une conduite trop rigide, pour ne pas dire cruelle, et lui fait démentir son caractère qui intéressait ?

C'était bien l'intention de Mattéo, qui s'en revint en France, de jouir en paix de ce qu'il avait acquis. Mais ne voilà-t-il pas qu'on apprend de France qu'une des filles de Louis VII est possédée à son tour. Il pense avec une égale inquiétude à ce que lui a notifié Belphégor, et à tout ce qu'un roi peut vouloir. Il ne s'était pas trompé dans ses conjectures. Louis le fit demander solennellement. On le força de partir malgré une prétendue indisposition qu'il alléguait. Admis devant le prince, il remontra qu'à la vérité il avait jadis guéri quelques femmes par-ci par-là, mais qu'il ne s'ensuivait pas d'une ou deux cures, effets du hasard, qu'il pût guérir tout le monde, attendu qu'il se trouvait quelquefois des esprits malins d'une nature si rétive et si mauvaise qu'il n'y avait rien à faire avec eux ni par menace, ni par charme, ni par religion aucune ; qu'au fond il n'avait pas de répugnance à tenter l'aventure : mais qu'en cas de malheur il demandait pardon d'avance à sa majesté.

Certainement les *possessions* auxquelles Machiavel se borne n'offrent ni variété entre elles, ni intérêt. J'imagine qu'à sa place un auteur tel que Voltaire aurait, à la faveur des allusions , exercé son ingénieuse causticité sur plus de femmes de son temps , princesses ou non ; qu'il eût dit d'une manière piquante ce qu'il aurait connu de leur vie privée, de leur caractère , de leurs amours, de leurs manières diverses ; et la malignité à qui ces anecdotes plaisent, et l'histoire à qui tous les faits servent , auraient pu lui savoir gré de ses satires.

Le roi ne voulut point entendre à toutes ces explications de Mattéo , et répondit définitivement qu'il le ferait pendre s'il ne réussissait pas. Mattéo fut troublé en entendant un discours si clair. Néanmoins s'étant rassuré ou ayant fait semblant de se rassurer, il ordonna qu'on appellât la princesse : en suite il s'approcha de Roderic , lui dit tout bas à l'oreille qu'il était son très-humble serviteur, qu'il le priait de se souvenir du service qu'il lui avait rendu autrefois, et de considérer que s'il l'abandonnait dans sa peine, il donnerait là un grand exemple d'ingratitude. « Ah ! traître ! ah ! rustaut ! répondit Roderic ; comment oses-tu encore paraître en ma présence ? je veux te montrer à toi et à tout le monde que je puis , quand je veux, donner et retirer ce que j'ai donné. Sois sûr qu'avant qu'on te laisse repartir, je saurai bien te faire pendre. » Mattéo chercha un meilleur moyen pour échapper. Il fit sortir la démoniaque , puis revint sur ce qu'il avait représenté au roi sur la ténacité de certains démons, déclara qu'il ne laisserait pas de hasarder une épreuve, et que s'il ne réussissait pas , il espérait bien qu'on lui pardonnerait, à cause de son innocence, et que s'il réussissait, il serait aussi content que le roi. « Or continuat-il, vous ferez construire sur la place de Notre-Dame un balcon capable de contenir tous vos barons et tout le le clergé de cette ville, et qu'on tapissera d'étoffes d'or et

de soie ; n'oubliez pas d'y placer un autel, au miliéu.
C'est dans ce balcon que, dimanche prochain, vous,
les gens d'église, les princes, les barons, vous arriverez
en habit superbe, en pompe de roi.

Il faut encore qu'à un des coins de la place, il y ait au
moins une vingtaine de musiciens, avec trompettes, cors
de chasses, tambourins, cornemuses, cimbales, qui, au
moment où j'élèverai mon chapeau en l'air, fassent entendre leurs instrumens, et s'avancent en jouant vers le
balcon. Tout cela, joint à certains remèdes secrets à moi
connus, fera je crois, déguerpir l'esprit. » Le roi donna
ses ordres en conséquence de ce discours, et ils furent
exécutés de point en point. Le jour marqué, on vit arriver la princesse, accompagnée de plusieurs seigneurs,
et conduite par deux évêques qui la tenaient par la main.

A l'aspect de cette multitude et de ces apprêts, Roderic,
fort étonné, se dit à lui-même : « Que prétend faire ce
» maudit paysan ? Croit-il qu'il m'intimidera avec sa
» pompe ! Il ne sait donc pas que je suis aussi habitué à
» voir le ciel que l'enfer ? il sera châtié de la bonne manière. »

Jean Mattéo s'approcha doucement de lui, et le pria
de s'en aller. « La belle pensée que tu as eue là, lui ré-
» pondit l'autre ! à quoi aboutira tout cet appareil. Te
» flattes-tu d'échapper, par ce moyen, à ma puissance et
» la colère du roi. Va, va gredin, je te ferai pendre. »

Mattéo le pria encore. Roderic lui répondit encore des
injures. Mattéo crut ne devoir plus perdre de temps. Il
éleva son chapeau en l'air. A ce signal tous ceux qui
étaient chargés de faire du bruit, commencèrent, et, avec
un tapage qui retentissait jusqu'au ciel s'avancèrent vers
le balcon. Roderic dresse les oreilles, reste stupéfait, de-

mande tout troublé à Mattéo de quoi il s'agit. Celui-ci faisant semblant d'être épouvanté : « Eh ! seigneur, dit-il, » c'est votre femme qui vient vous retrouver : c'est madame » Honesta. »

Qu'on se figure l'effet que cette nouvelle produisit sur Belphégor. Sans penser à ce qu'elle avait d'invraisemblable, il décampe, il s'enfuit, il laisse libre la jeune fille ; il aime mieux s'en retourner en enfer, et y rendre compte de sa conduite que de se soumettre de nouveau au joug conjugal.

Ainsi Belphégor, de retour aux enfers, déposa contre les femmes, de tout le mal qu'elles font en ménage. Quant à Mattéo il s'en retourna joyeusement chez lui.

Machiavel a donc voulu montrer qu'il se trouve quelquefois des femmes réellement plus méchantes que le diable. Mais pour bien prouver cette vérité, il aurait peut-être fallu qu'Honesta eût affaire non au débonnaire Belphégor, mais à un digne suppôt d'enfer qui opposât malice à malice et succombât dans cette lutte.

Malgré ce défaut, si pourtant c'en est un, convenons que ce sujet était bien fait pour plaire aux Italiens modernes. Mais peut-être, au siècle dernier, ce fonds devait être moins goûté des Français aussi gais que leurs voisins, mais plus scrupuleux.

NOTES

SUR BELPHÉGOR,

PAR LA FONTAINE.

(FABLE XXXI.)

———

LE début de Machiavel est un peu languissant. La Fontaine entre d'abord dans son sujet. Point d'échafaudage. Il ne cite aucun témoignage ni de vive voix ni par écrit, en faveur de sa nouvelle : il lui suffit de sa propre autorité. Si on lui demande d'où il sait ce qu'il raconte, il répondra qu'il est poëte ; et puis il sait bien qu'on ne le lui demandera pas.

V. 2.   Faisait passer ses sujets en revue.

Fai sait ser ses su s-en. Fréquence de *s* choquante à l'oreille.

V. 5.   Jetaient (ou jetait) maint pleur.

Pleur ne s'emploie qu'au pluriel. On dit une larme : on ne dit point un pleur, ni maint pleur. D'ailleurs les deux monosyllabes forment ici un son peu agréable. Tel était mon sentiment, lorsque M. Rayn. me fit remarquer que *pleur* venoit du mot latin *ploratus*

V. 7.   Il demandait, en passant, à chaque âme :
          Qui t'a jetée en l'éternelle flamme?

En passant, peint heureusement l'insensibilité, l'indifférence barbare, le dur orgueil du dieu des enfers C'est le *diri inclementia ditis* de Virgile. — *Qui t'a jetée ?* style du tyran des enfers. Cette brusque apostrophe, ce tutoiement lui vont bien !

On regrettera peut-être que le fabuliste répète *jetée*, deux vers après *jetait*. Au reste, négligence légère.

V. 10.   L'autre aussitôt répondait : C'est ma femme.

La première syllabe de *femme* est brève : celle *d'âme* et *flamme* sont longues, Ainsi la rime de *femme* avec ces deux mots est vicieuse. Mais est-ce bien un grand défaut dans un conte qui doit avoir surtout le mérite du naturel et de la facilité.

V. 14.   Il est aisé d'augmenter notre gloire.

Satan devroit bien dire en quoi l'occasion est si favorable ! Il y a de l'obscurité dans le discours de Satan. Machiavel est plus clair.

V. 19.   Tout les hymens dont il sera témoin.

Témoin est-il bien ici le mot propre ? être témoin d'un hymen, de plusieurs hymens, n'est-ce pas assister à la cérémonie, voir contracter un mariage, des mariages, et non en voir le cours, en suivre la durée ?

V. 21.   Le prince ayant prononcé sa sentence.

Sentence n'est pas sans finesse. Proprement, ce mot signifie jugement rendu par quelque tribunal ou par quelque juge. Or Pluton n'a fait qu'émettre une opinion. Mais il est d'avance maître des suffrages : il propose donc cette opinion comme ayant déjà force de jugement prononcé.

V. 23.   De Belphégor aussitôt on fit choix.

On n'est pas si expéditif : on délibère plus long-temps dans Machiavel. Les uns proposent de recourir au tourment de la question pour arracher la vérité de la bouche des coupables. D'autres opinent à ce qu'on envoie sur terre un seul messager pour observer sans torturer personne. Quelques-uns pensent qu'il vaut mieux multiplier le nombre des observateurs : et, selon moi, ce sont ces derniers qui raisonnent le mieux. Quelque sagacité qu'ait un seul individu, quelqu'habileté qu'il ait à faire naître les événemens pour observer, ses épreuves toujours isolées finissent à lui, et ne peuvent autoriser à conclure du particulier au général. Voilà le défaut essentiel de fond que je reprocherais au conte de Belphégor et dans l'original et dans l'imitation.

V. 29.   On lui donna mainte et mainte remise.

Le sens de ce vers est si clair que Coste aurait pu se dispenser de sa note explicative. Cet excellent homme triomphe à prouver que deux et deux font quatre.

V. 32.   Quant au surplus, les fortunes humaines,
Les biens, les maux, les plaisirs et les peines,
Bref, ce qui suit notre condition
Fut une annexe à sa légation.
Il se pouvait tirer d'affliction.

Nos versificateurs évitent les substantifs en *ion*, surtout pour la rime. A cause de l'*n*, ces mots forment un son nazal, contraire à l'harmonie. Autre considération : le versificateur prononce dans le vers *ion* en deux syllabes, tandis que dans la prononciation négligée de nos entretiens, toutes les desinences *ion*, ou *ions* sont des monosyllabes brefs. Enfin, les termes qui finissent en *ion*, appartiennent, dans l'usage, à la prose, et sont bannis des vers, particulièrement dans les genres nobles. On les emploie, il est vrai, dans l'épigramme, la comédie, l'épître familière, l'apologue, mais à condition qu'ils paraîtront rarement et pour produire un effet. Or, La Fontaine rime en *ion* trois fois de suite sans nécessité et sans qu'il en résulte un effet qui plaise.

Ajoutez que *ce qui suit notre condition* semblerait un peu latinisme. *Fut une annexe à sa légation*, métaphore empruntée des terres seigneuriales et des églises qui dépendent d'autres églises. L'Académie, dans son dictionnaire, ne dit annexe que dans ce sens. Richelet le définit vaguement, *ce qu'on ajoute à une chose;* Beauzée en donne pour synonyme, *partie*. Cette dernière signification paraît être celle du vers de La Fontaine.

V. 37.   Par ses bons tours et par son industrie.

Bons tours et industrie ressemblent bien à deux synonymes : et l'on pourrait, sans être puriste, trouver là un pléonasme. Mais, soit que cette critique paraisse ou ne paraisse pas fondée, le sens de ces deux mots étant à peu près le même, il fallait ne pas répéter *par* devant le second ; ou, si l'on tenait à le conserver, supprimer *et*. Aux yeux de ceux qui exagèrent les droits de la poésie, ces remarques paraîtront minutieuses : mais Boileau, Rousseau, Voltaire, Gresset et d'autres ont bien conté, et ils ont observé les règles les plus fixes de la langue.

V. 41.   Le voilà donc qui traverse et qui passe
         Ce que le ciel voulut mettre d'espace
         Entre ce monde et l'éternelle nuit :
         Il n'en mit guère : un moment y conduit.

On s'imaginerait mal à propos que *en* et *y* se rapportent au même substantif. *En* répond à espace : et *y* à éternelle nuit : ce qui forme une première équivoque. Il ne met guère d'espace (de temps) à passer cet espace (de lieu) en offre une seconde.

V. 48.   Là , sous le nom du seigneur Roderic.

N'est-ce pas *de* et non *du* qui conviendrait ici ?

Du laisserait croire qu'il prit le nom d'une autre personne déjà désignée. Il fallait *de* qui marque la qualité et la dénomination particulière personnelle , propre sous le nom *de* seigneur, sous le nom de Roderic.

> V. 51.   . . . . Sur la somme
> Qu'il ne devait consumer qu'en dix ans.

Aujourd'hui *consommer* est le terme propre. Je dis aujourd'hui , parce que long-temps on a confondu consumer et consommer. A la vérité, consommer a une première signification, celle d'achever en perfectionnant (il a consommé son ouvrage). Mais il a acquis par l'usage, une seconde synonymie, celle de consumer, achever en détruisant. Cette nouvelle acception de consommer se borne aux denrées, et autres choses analogues.

> V. 57.   L'un des plaisirs. . . . .
> Fut la louange. Apollon l'encensa.

Apollon est ici pour les poëtes. Le dieu pour ses adorateurs ou amis du dieu , figure que les rhéteurs appellent métonymie. Mais cela n'empêche pas que le nom d'Apollon lui-même, employé de préférence , ne forme un contraste plaisant avec la condition du personnage qu'il consent à encenser. Apollon encensa le diable !

> V. 69.   Je l'ai jà dit.

Jà pour *déja*. Long-temps on l'a dit dans le style badin, burlesque , marotique et même demi-marotique ; et Gresset, il y a 60 ans , n'a pas déplu en l'employant aussi dans son Ververt.

> Jà tout est prêt sur la fatale rive.

Voltaire, depuis, s'est déclaré contre le style de Marot, quand même on le modifierait par des locutions modernes. Il se moque et du genre et des adoucissemens du genre. Ce dernier mélange surtout le révolte: *Je t'ai jà dit*, ne passerait plus aujourd'hui. Ainsi Voltaire qui réclame si souvent contre les entraves données à notre versification et à notre poésie, a fait perdre à l'une des mots et des tours naïfs, précis, heureux ; à l'autre, un genre agréable.

V. 71.   Dans l'univers, que l'argent et que l'or.

Le second *que* est d'autant plus inutile qu'il n'est question que d'un seul et unique premier mobile. Si vous mettez *que* l'argent et *que* l'or, en voilà deux que vous énoncez distinctement. *Que*, suit la même règle que les prépositions. On ne le repète point devant les termes synonymes ou approchant. Le peuple lui-même dit pour exprimer une grande magnificence : *ce n'est qu'or et argent*.

V. 79.   Certaine fille à Florence était lors.

Lors pour *alors* ne se dit plus ni en vers ni en prose.

V. 80.   Belle et bien faite, et peu d'autres trésors.

Avant *belle et bien faite*, on sous-entendra, je crois, *étant ;* et avant, *peu d'autres* trésors, *ayant*. L'ellipse de *ayant* après celle de *étant*, m'étonnerait dans un seul et même vers. De plus, *peu d'autres trésors* peuvent-ils s'associer avec des adjectifs ? *Taille, figure et peu d'autres trésors*, iraient mieux ensemble.

V. 82.   Et d'autant plus, que de quelque vertu
          Un tel orgueil paraissait revêtu.

Plus, vertu, revêtu : consonnance que La Fontaine devait et pouvait éviter.

V. 85.   Le père dit que madame Honesta.

Autrefois *madame* était un titre d'honneur qu'on ne donnait qu'aux femmes de qualité, mariées ou non; aujourd'hui on le réserve aux dames mariées. Le père d'Honesta, aussi sottement orgueilleux que sa fille, en parle comme d'une princesse.

V. 87.   . . . . Que parmi la bande.

Avec quelle impertinence, ce noble peu riche traite les poursuivans de cette impertinente !

V. 91.   A gagner celle où ses vœux s'adressaient.

Les poëtes se sont maintenus long-temps dans l'usage d'employer *où* qui est originairement adverbe de lieu, comme pronom relatif, parce que *auquel, à laquelle* seraient traînant et choqueraient l'oreille. Il me semble pourtant que cette permission doit être soumise à certaines conditions : à celle-ci par exemple, que le substantif auquel *où* se rapporte marque, par analogie au moins, une sorte de lieu, et place. Ainsi au lieu de *celle*, j'aimerais mieux ici le *cœur* Mais on tient peu à cette remarque, quand on lit dans Racine, *je romps le joug funeste où les juifs sont soumis,* vers que la grammaire même doit absoudre.

V. 93.   Cadeaux, festins, bien fort apetissaient,.

Cadeaux, présent, don; mais anciennement il signifiait parfois, fête qu'on donnait hors de chez soi, surtout à la campagne.

Apetissaient pour *diminuaient, rendaient petit* ne se dit plus. Serait-ce parce que ce mot qui vient réellement de *petit* semble être formé de *appétit, désir de manger.* Même dans quelques provinces on dit, *ce mets m'appétisse* pour *me donne de l'appétit.*

On a *rapetisser* qui ne peut causer d'équivoque; mais il

ne se dit qu'au propre, et il est moins usité qu'*accourcir*, *raccourir*.

V. 99. Et des façons de toutes les manières.

Ici *façons* signifie *cérémonies, minauderies, scrupules, difficultés embarrassantes*. Il peut donc aller dans le style du conte, surtout, avec *manières* dont ailleurs il est le synonyme.

V. 101. Auparavant le notaire y passa,

La rime d'*Honesta* avec *passa* est vicieuse et d'autant moins excusable que celles en *ta* abondent dans notre langue. Cette négligence sur la rime, même dans un conte, a toujours déplu à nos grands maîtres.

Ce mot *y passa* signifie *y remplit son ministère*; mais le plus ordinairement, cette locution proverbe *y passer*, veut dire dans notre langue, *être obligé de céder à quelque loi impérative et fâcheuse*.

V. 103. Hé quoi! dit-il, on acquiert une femme.
    Comme un château! ces gens ont tout gâté.
    Il eut raison: ôtez d'entre les hommes
    La simple foi, le meilleur est ôté.

Cette exclamation douloureuse, cette complainte philosophique sur les maux que les hommes se sont faits à eux-mêmes en bannissant d'entr'eux la sainteté des promesses qui devraient valoir plus que les contrats, si la mort dont le bras invincible s'étend sur tout, ne les rendait nécessaires; tout cela ne paraît pas trop dans la nature d'un diable. Mais que l'on considère qu'à présent Belphégor est homme, qu'il raisonne en homme, et que toutes les misères humaines sont devenues son partage.

V. 105. Il eut raison, etc.

L'intervention de ce notaire excite l'humeur du poëte, et son humeur nous vaut cette agréable excursion, ces regrets dont l'expression familière n'exclut pas une sorte d'éloquence de sentiment. Machiavel n'a rien de pareil : c'est pourtant un des charmes de la poésie ; et où la morale usuelle peut-elle mieux trouver place que dans un conte dont l'objet est moral ?

V. 116.   Qu'ainsi ne soit, voyons d'autres états.

Qu'ainsi ne soit, ce tour a vieilli, et l'on n'en fait plus d'usage que dans le style marotique dont le règne est passé.

V. 121.   Mais, dira-t-on, n'est-il en nulles guises
D'heureux ménages ?

Guise signifie *façon*, *manière*, mais avec l'idée de volonté fixe autant que capricieuse et bizarre. Or, telle n'est pas l'idée de La Fontaine : mais cette sorte d'impropriété est permise aux poëtes ; ce qui n'est pas permis, je crois, c'est l'emploi de *guises*, au pluriel.

Ménages au pluriel, ne pouvant éluder l's avec la voyelle suivante est une faute plus grave. Cependant il faut un pluriel ; et si La Fontaine eût mis d'heureux ménage au singulier, il eut sauvé la mesure et non pas un solécisme.

V. 124.   Quand les conjoints se souffrent leurs sottises.

Se souffrent sot n'est pas doux, mais *se souffrent* est le mot propre.

V. 129.   Toujours débats, toujours quelque sermon
Plein de sottise.

Débats, (V. 113), *sottise* (V. 124), répétitions, négligences.

V. 132.   Plus d'une fois les voisins éveilla (*réveilla.*)

Eveilla ou *réveilla* ne rime point avec *Honesta.*

V. 133.   Plus d'une fois on courut à la noise.

Courir à la noise semble signifier plutôt courir pour chercher noise, pour exciter, pour partager la noise que pour en être témoin, ou pour la faire cesser; de la propriété des termes résulte la clarté, premier mérite du style, premier devoir de l'écrivain.

V. 134. Il lui fallait quelque simple bourgeoise,
Ce disait-elle.

Tout ce discours est du meilleur comique; c'est le ton, le tour, l'esprit de Molière. Machiavel dit bien qu'Honesta n'épargnait pas dans l'occasion les mépris et les outrages à son pauvre diable de mari, mais il ne la met pas en scène, on ne la voit point, on ne l'entend pas, elle n'use pas dans sa colère de cette réticence de mauvais augure, *si je faisais bien* (V. 144).

V. 141. Ces prudes-là nous en font bien accroire.

Vers d'un naturel charmant. Voilà encore comme parlent les Gérontes de la comédie, en hochant la tête, en grondant avec plus de bonhomie que d'humeur, en laissant deviner tout ce que leur a appris l'expérience.

V. 143. Sans disputer n'étaient pas un moment.

Détruisez l'inversion, et mettez *n'étaient pas un moment sans disputer*, ou tel autre tour régulier, vous détruisez tout l'effet. Malherbe, que La Fontaine avait étudié, *d'un mot mis en sa place enseigna le pouvoir*. Mais, tôt ou tard, le génie de La Fontaine eût découvert seul cet heureux secret.

V. 146. D'entre-temps.

Entre-temps, intervalle de temps qui s'écoule entre deux actions. Ce mot n'est plus en usage. Pourquoi? nous avons intervalle. Eh bien! nous aurions un synonyme à intervalle; et il servirait dans la conversation et les genres familiers.

V. 147. D'inventions propres à tout gâter.

Propres à tout gâter, est vague et faible. Machiavel a

bien plus de tort, dans sa description du luxe d'Honesta : il n'est pas gai. « Je ne parlerai point des dépenses extraordinaires qu'il faisait pour elle en habits somptueux, changeant d'habits toutes les semaines, selon le goût ordinaire des dames florentines. »

V. 150.   Pour comble enfin, Roderic épousa
La parenté de madame Honesta.

Il se vit contraint d'aider son beau-père à marier ses filles : ainsi parle Machiavel, beaucoup moins enjoué que La Fontaine, dont il faut blâmer de nouveau la rime *épousa, Honesta.*

V. 152.   Ayant sans cesse et le père et la mère,
Et la grand'sœur avec le petit frère,
De ses deniers mariant la grand'sœur,
Et du petit payant le précepteur.

Combien ce tour, ces *et* répétés, ces expressions familières et domestiques, *le petit frère, la grand'sœur, le précepteur* sont plus gais que les accidens fâcheux et mêmes tragiques que la famille d'Honesta éprouve et son mari par contre-coup, dans l'auteur italien qui ruine l'un des frères au jeu, et noie ou tue l'autre au retour d'un voyage. Mais ce qui suit dans La Fontaine, lui assure bien davantage encore la supériorité. Machiavel ne s'est pas avisé de donner un intendant à Roderic ; et si cette charmante idée lui fut venue à l'esprit, je doute qu'il eût fait de cet officier de grand seigneur une description aussi originale et aussi vraie. Il est peu de lecteurs français qui ne la connaissent : et je défie un intendant lui-même, pour peu qu'il ait de la candeur, de ne pas rire d'un portrait si pittoresquement fidèle. Je ne permettrais d'y blâmer que les deux derniers vers comme superflus : ceux qui les précèdent immédiatement renferment l'idée et l'indiquent aux moins clairvoyans.

V. 172.   Le seul recours du pauvre Roderic,
          Son seul espoir était certain trafic
          Qu'il prétendait devoir remplir sa bourse,
          Espoir douteux, incertaine ressource.

Ce récit me semble languissant. Que de synonymes, de détours, de mystère pour dire que Roderic s'adonna au commerce et y fut malheureux. *Certain trafic* est une énigme qui n'a pas de mot... Mais et Machiavel et La Fontaine ne pouvaient-ils pas, ne devaient-ils pas faire naître tous les malheurs de Roderic de son mariage seul dont le commerce qu'il exerça n'est point du tout une suite essentielle. Madame qui a commencé à le ruiner, ne pouvait-elle pas continuer sa perte par le défaut d'économie, par une extrême négligence, par un superbe mépris des soins domestiques, par des profusions indiscrètes, par quelque manie ruineuse, comme de bâtir, etc.

V. 178.   Ses agens, ...
          En abusaient.

J'admire l'attention bénévole du bon M. Coste, qui fait les frais d'une note pour nous aprendre qu'*agens* signifie ceux qui prenaient soin du commerce de Roderic. Son explication rappelle, entr'autres du chef-d'œuvre d'un inconnu, celle-ci par exemple : *malade, c'est-à-dire qui ne se* PORTE PAS BIEN.

En abusaient : Sur quoi tombe *en*, et que veut-il dire ici ? On ne voit pas de nom de chose dont *en* puisse être le pronom relatif. Reste un nom de personne, Roderic. Ses agens en abusaient, pour *abusaient de lui, le trompaient.* Ce régime composé ou n'est pas français, ou ne l'est que dans un sens peu honnête et dont il n'est point question. Il faut, *l'abusaient.*

V. 181.   Trompé des uns.

D'Olivet (remarq. sur Racine), dit : Rien n'est si familier

à Racine et à Despréaux que l'emploi de la prép. *de*, dans le sens d'*avec* ou de *par*. Il y a cependant des endroits où cela paraît, aujourd'hui du moins, avoir quelque chose de sauvage. Cependant on aime dans Maynard, *vaincu des temps*; mais il n'en est pas de même de *trompé des uns*, que n'aiment pas des gens de lettres. N'y aurait-il pas de leur part un peu de caprice ?

V. 192.   Qu'il n'y savait remède que d'entrer
            Au corps des gens, et de s'y remparer.

Ici, vers 193, voilà le verbe *remparer*.

Cinq vers plus haut, on lit *remparé*. Ce mot qu'on n'a guère occasion d'employer dans le discours, se signale aisément; et la répétition, à si peu de distance, n'en est que plus choquante.

Cet endroit dans Machiavel, n'est rien moins que vif. Le récit du départ de Roderic, des alarmes que la nouvelle répand parmi ses créanciers, de leur poursuite, des motifs qui les font courir après lui, de l'attention qu'il a de prendre le galop, puis de quitter le grand chemin, et de marcher à pied parce que le pays est coupé de fossés, toute cette narration, dis-je, ne finit pas, et le lecteur n'arrive au bout que recru de fatigue.

V. 204.   Ce que son corps, ouvrage fantastique,
            Devint alors, l'histoire n'en dit rien.

Cette manière de se débarrasser du corps ou de l'apparence du corps de son héros est fort plaisante. Machiavel se contente de dire qu'il disparut (*disparuto*) : ce qui n'a point de sel. Pourquoi l'italien n'a-t-il pas imaginé l'expression, *il s'escamota*. Le traducteur de Machiavel, sans doute pour embellir le texte, y ajoute de son chef que Roderio fit devant Mattéo un tour de maître Gon in : addition peu heureuse. Il me semble en effet qu'un tour de maître Gonin est un tour de fripon; et il n'est pas question de cela, ici.

V. 213. Trois fois enfin, toujours d'un corps femelle,
Remarquez bien, notre diable sortit.

Voilà de la malice, de la gaieté, une épigramme. Rien de pareil dans l'original.

V. 215. Le roi de Naple avait lors une fille.

Du temps de La Fontaine, *lors* se disait pour *alors*, du moins dans les vers. En prose, Fleury est je crois le dernier qui l'ait employé : *Telle était lors la loi de la guerre.* Il se maintient encore, mais faiblement, dans nos vers du genre familier.

V. 226. .... Il se dit un pauvre homme,
Pauvre pécheur, qui, sans savoir comment,
Sans dons du ciel, par hasard seulement,
De quelque corps a chassé quelque diable,
Apparemment chétif et misérable,
Et ne connaît celui-ci nullement.

Cette narration est un modèle de naïveté, de gaieté, de rapidité ; peut-on mieux peindre un paysan madré, un patelin, et ce mot *nullement*, placé précisément le dernier du vers, n'exprime-t-il pas au mieux le contraire de ce que Mathéo assure, et la menterie du drôle ?

V. 240. Chacun y court, n'est fils de bonne mère.

La Fontaine aimait ce tour et cette expression proverbiale empruntés du siècle de Marot, et pleine d'antique bonhomie.

V. 244. Mathéo tremble, et lorgne la finance.

Trait exquis et de main de maître.

V. 249. .... Plus il est en alarmes,
Plus l'autre rit. Enfin le manant dit
Que sur ce diable il n'avait nul crédit.

Rit, dit, dit, consonnance ! faute, à la vérité légère !

V. 253. Comme il allait haranguer l'assistance.

M. Coste donne cette remarque : *C'est ce que font encore en Angleterre la plupart de ceux qu'on mène au supplice.* Mais que fait ici l'usage d'Angleterre ? la scène est à Naples : et à Naples les condamnés font aussi des discours aux assistans.

V. 261. ....,. L'époux que le ciel lui donna.
          Incontinent le diable décampa,
          S'enfuit au fond des enfers, et conta, etc.

Encore une fois, *Honesta* ne rime point avec *donna*, ni *donna* avec *décampa*, ni *décampa* avec *conta*.

V. 266.   Damne aussi dru.

Dru est adjectif et adverbe. C'est dans cette dernière acception qu'il est pris.

V. 275.   Satan le crut, il fut récompensé.

Régulièrement, *il* se rapporte à Satan ; et c'est à Belphégor que La Fontaine et le lecteur le rapportent : négligence qui n'arrêtait pas La Fontaine.

V. 279. Toujours le même, et toujours sur un ton.

Un est impropre, c'est encore *le même* qu'il faudrait. *Un* ne spécifie rien, ne marque pas que ce ton est le même.

V. 281.   Dans les enfers encore en change-t-on.

Ce sophisme, car c'en est un, est un charmant badinage. Cette consolation des damnés met dans tout son jour la position désespérante de plusieurs maris.

V. 290.   N'épousez point d'Honesta ; s'il se peut,
          N'a pas pourtant une Honesta qui veut.

Aucune des mordantes hyperboles de Juvénal, aucun des bons mots chagrins de Boileau contre les femmes et le ma-

...age ne valent peut-être ces deux dernières plaisanteries qui couronnent si bien l'ouvrage.

Ce sujet devrait-il être traité au théâtre ? il a un vice intrinsèque, c'est la condition du héros ; elle gêne, elle attriste le spectateur ; les images de l'enfer, de ses flammes, de ses tortures se mêlant aux plaisanteries dont elles forment le fond principal, on rit mal, on éprouve presque le remords d'avoir ri pour ne voir là qu'un badinage ordinaire, et s'y divertir sans scrupule : il faut s'être aguerri à braver cette terreur religieuse, ces principes religieux heureusement reçus et gravés par la première éducation. Si Boileau ne pouvait souffrir le Satan de Milton, toujours hurlant en vers épiques contre les cieux, qu'aurait-il d'un diable qui goguenarde sans cesse sur sa triste destinée, qui fait des épigrammes sur la vie à laquelle il est condamné.

Si l'on ne craignait de donner trop d'étendue à des notes sur quatre fables, nous présenterions l'analyse du Belphégor en trois actes, du comédien Le Grand. On ne le représente plus, ce fait prouve ce que nous venons d'avancer du vice intrinsèque du conte de La Fontaine et de l'extrême difficulté de le faire réussir au théâtre.

FIN.

www.ingramcontent.com/pod-product-compliance
Lightning Source LLC
Chambersburg PA
CBHW051816020726
47502CB00005B/1480